나를 숨 쉬게 하는 말

나를 숨 쉬게 하는 말

지은이 이명신
펴낸이 임상진
펴낸곳 (주)넥서스

초판 1쇄 인쇄 2023년 2월 10일
초판 1쇄 발행 2023년 2월 15일

출판신고 1992년 4월 3일 제311-2002-2호
주소 10880 경기도 파주시 지목로 5 (신촌동)
전화 (02)330-5500 팩스 (02)330-5555

ISBN 979-11-6683-495-0 03810

www.nexusbook.com

책 속의 스피치가 건네는 따스한 위로

나를 숨 쉬게 하는 말

이명신 지음

넥서스BOOKS

이 책은 제가 진행하고 있는 네이버 오디오클립 '책 속의 스피치'를 기반으로 쓴 책입니다. 그래서 책을 쓰면서도 이 콘텐츠가 저에게 어떤 의미인지 많이 생각했어요.

저는 '책 속의 스피치'를 한마디로 '나의 날것'이라고 말하고 싶어요. 실수투성이의 바보 같은 모습이 다 담겨 있는 콘텐츠거든요. 그래서 더 지금까지 저와 함께해주신 청취자분들 한 분 한 분이 귀하고 소중해요.

오디오클립을 시작한 게 된 건 좋아하는 책 이야기를 많은 분들과 나누고 싶어서였는데요. 좋아하는 책 이야기에 저의 개인적인 생각을 담는 게 부담도 됐지만 재미도 있고 힐링도 됐어요.

원래 제 이야기를 다른 사람들에게 말하는 게 익숙하지 않은 스타일인데 이제는 너무 친해져서 별 얘기를 다 하게 되더라고요. '책 속의 스피치'를 듣고 위로가 됐다고 하는 댓글을 보면 너무 감사한 마음이 들고 보람도 느껴져요. 처음에는 한 사람만 들어줘도 좋겠다는 생각으로 시작했는데 지금은 많은 분들이 들어주고 계세요.

시작할 때는 아무것도 모르는 상태였기 때문에 좌충우돌에 실수 연발이었죠. 사실 지금도 종종 실수를 해요. 정말 아무것도 몰랐기 때문에 돈도 많이 썼어요. 특히 오디오 프로그램이나 장비에 돈을 많이 날렸죠. 돈 주고 산 편집 프로그램을 어떻게 사용해야 하는 줄 몰라서 온전히 쓰지 못하기도 했고 마이크를 잘못 사용해서 녹음된 파일에 제 목소리보다 소음이 더 많이 들어가는 것도 다 반사였어요.

심지어 저장을 잘못해서 편집한 파일이 아니라 편집이 안 된 녹음본을 올려 날것 그대로를 송출하기도 했었어요. 이렇게 실수를 하면서 '얘 이렇게 바보 같지'라는 자책도 해보고 스스로가 한심했던 적도 있지만 생각해보면 그런 경험들이 지금까지 진행할 수 있는 힘이 된 것 같아요.

지금은 오디오클립을 시작하고 싶다는 다른 분들께 팁도 줄 수도 있게 됐고 하다 보면 이런저런 실수가 나올 수 있다는 것도 미리 알려줄 수 있으니 용 된 거죠.

〈알쓸인잡〉tvN의 〈알아두면 쓸데없는 신비한 인간 잡학사전〉을 보다가 비즈니스상에서 실패나 실수에 대한 책임을 얘기하는 상황이 있었어요. 우리나라는 일을 하다가 큰 실수를 하거나 실패하면 책임을 지고 사퇴하는 문화잖아요. 그런데 외국에서는 실패했다고 절대 자르지 않는다는 이야기였어요.

실패를 했다는 건 그 실패까지 가기 위해 여러 시도를 했다는 것이고, 그만큼 그 일에 대해 가장 잘 알고 있다는 뜻이라는 거죠. 그래서 책임자가 바뀌더라도 자르지 않고 같은 실수를 다시 하지 않도록 돕게 하는 거예요. 실수하거나 실패 하더라도 성공을 위해서는 필수적으로 거치는 과정이니 실수를 통해 배울 수 있도록 충분히 기다려주는 겁니다.

하지만 우리나라는 사회적으로 즉각적인 결과를 요구하는 것 같아요. 그래서 다들 실수하면 안 된다는 강박을 가지고 있고요. 방송에 나온 물리학자 김상욱 박사님은 실수 자체보다 좋은 실수로 만드는 것이 중요하다고 했는데요. 좋은 실수를 하기 위해서는 먼저 자신의 실수를 숨기지 말아야 한다고 하셨어요. 자기 자신에게도 절대 숨기면 안 된다고요. 그리고 우리가 '아, 실수했구나' 인지할 때에도 끝까지 제대로 정신을 차리고 실수를 하라면서 그래야 거기에서 배울 수 있다고 하셨어요.

우리는 다들 처음 살아보는 거잖아요. 그러니까 누구나 살면서 실수할 수 있다고 생각해요. 다만 내가 한 실수에 빠져서 스스로를 자책하기보다는 그냥 새로운 걸 배우는 거라고 생각하면 어떨까 싶어요.

물론 실수하는 내가 때로는 보기 싫고 지치고 밉고 한심할 때도 있는데요. 저는 그럴 때 "괜찮아. 실수할 수 있지"라고 해주는 사람이 있으면 힘이 나더라고요.

그래서 저도 이 책에서 여러분께 실수해도 괜찮다는 얘기를 하고 싶었어요. "괜찮아요. 실수할 수 있어요. 우리 모두 인생 2회차가 아니잖아요. 지금도 충분히 잘하고 있어요"라고요.

이 책은 그렇게 어려운 이야기는 아니에요. 심리학을 심도 있게 탐구하는 것도 아니고 스피치 스킬을 교육하는 책도 아니고요. 그저 편하게 소소한 이야기를 하는 책으로 봐주시면 좋겠어요.

우리가 매일매일을 정신없이 살아가면서 종종 팍팍하고 힘이 들 때가 있잖아요. 이 책을 읽는 동안만큼은 마음이 좀 편해지면 좋겠다는 바람입니다.

제 책을 어떻게 느끼실지 여러분의 이야기가 궁금하네요.

이명신

목차

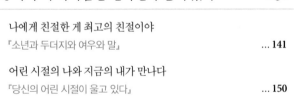

4장 나는 나의 습관이다

1장

나를
숨 쉬게 하는 말

나를 어디서
잃어버렸을까

『사실은 이 말이 듣고 싶었어』 윤정은

『사실은 이 말이 듣고 싶었어』의 윤정은 작가님은 개인적으로 너무너무 좋아하는 분인데요. 섬세하고 따뜻한 작가님의 글을 좋아했는데, 실제로 만나보니 참 유쾌하고 다정한 분이셨어요.

작가님은 "쓴다는 것은 마음과 나를 연결하는 것으로 내면의 나를 들여다보고 감정을 세밀히 살피는 일"이라고 말합니다.

살면서 한 번쯤… 내가 되게 싫을 때가 있잖아요. 이렇게

나 자신을 사랑하지 못하는 나를 발견할 땐 어떤 얘기를 듣고 싶으세요? 저는 이 책을 보기 전에는 이럴 때 어떤 말을 듣고 싶었는지 몰랐어요. 그런데 내용도 보기 전에 책의 목차만 읽었는데도 왠지 위로받는 느낌이 들더라고요.

"그래, 그랬구나. 정말 힘들었겠다.""오늘은 나에게만 좋은 사람이 되어줘요."

'나를 사랑하지 못하는 나에게'라는 첫 번째 파트의 목차 중 일부인데요. 나에게 해주는 말이라고 생각하니 마음이 너무 몽글몽글해졌어요.

'아~ 남들도 다른 사람에게 좋은 사람이 되려고 너무 많이 노력하면서 사는구나. 나만 그랬던 게 아니구나'라는 생각이 들었거든요.

어떤 날은 제 스스로가 되게 낯설고 홀로 남겨진 느낌이 들 때가 있어요. 남에게 맞추는 건 너무 익숙한데 내가 나에게 맞추는 게 어렵다고 느껴지더라고요. 곁에 있는 사람들도 '내가 잘하니까 같이 있는 거겠지' 이런 마음도 들었고요. 열심히 노력했는데 뭘 위해 노력했는지 모르겠고, 깊고 깊은 저 밑바닥으로 떨어지는 그런 허무한 느낌이었어요.

그래서 저의 멘토인 교수님께 고민을 상담하면서 "남한테

맞춰주는 건 너무 잘할 수 있는데 내가 나한테는 어떻게 해야 할지 모르겠어요. 그동안 내 삶이 허무하게 느껴져요"라고 말씀드렸더니 교수님이 "참 열심히 살았구나… 살려고 그랬구나…" 하시는데 그 말씀이 참 가슴을 울리더라고요. 그 말이 저에게 참 많은 위안이 됐고 앞으로 나아갈 힘이 되어준 것 같아요.

가장 먼저
시도한 건 여행

허무한 감정을 계속 느끼고 싶지도 않고, 이런 감정이 참 무섭다는 걸 알아서 벗어나기 위해 고민을 많이 했는데요. 일단은 지금까지 하지 않았던 새로운 경험을 많이 해보기로 했어요. 지금까지 안 좋아한다고 생각했던 것도 다시 해보면서 저만의 방법을 찾아보기로 한 거죠. 제가 가장 먼저 시도한 건 여행이었습니다. 저는 제가 여행을 안 좋아한다고 생각했거든요.

남들은 다 너무 좋다던데 저는 여행이 너무 힘들더라고요. 집 나가면 고생이라는 말 그대로 여행 가서 좋았던 것보다 힘든 게 더 많이 기억나고 일상에 다시 적응하는 것도 쉽지 않았고요. 그런데 방법을 바꾸려면 경험을 해야 하잖아요. 그래서 일부러 기간을 정해놓고 그동안은 여행을 자주 다녔습니다.

처음에는 기간을 정해놓고 여행을 가는 것도 부담이었어요. 여행을 위해 일을 몰아서 하는 것도 힘들고 여행을 가서도 일을 전혀 생각하지 않을 수가 없으니 일과 여행 사이에서 적절한 거리감을 찾기 어렵더라고요.

더 어려웠던 건 정작 여행을 가서 뭘 해야 할지 모르겠다는 거였어요. 아무리 고민해도 모르겠더라고요. 그래서 그럼 아무것도 하지 말자고 생각했어요. 일단 여행을 가기로 해서 왔으니 됐다고요.

이렇게 뭔가를 해야 한다는 마음을 버리고 나니까 그제야 편해지더라고요. 주변 풍경도 눈에 들어오고 누군가에게 맞춰가며 정해진 스케줄을 따라 움직이지 않는 것도 너무 좋았어요. 그저 자고 싶을 때 자고, 산책하고 싶을 때 산책하고, 맛집을 찾아가서 먹는 것도 즐거웠어요.

여행을 하면서 일 생각을 할 때도 있지만 지금은 좀 더 여유롭게 즐길 수 있게 된 것 같아요. 이제 저도 여행을 좋아하는 1인이 된 거죠. 저만의 여행 스타일도 생겼고 다른 사람들이 여행을 가기 위해서 더 열심히 일한다는 말이 어떤 의미인지 너무 잘 알 것 같아요.

오늘만큼은 나에게만
좋은 사람이 되어줘도 괜찮아

한창 바쁘게 일할 30~40대들은 너무 삶에 치이다 보면 정작 자신을 덜 돌보게 되잖아요. "40대가 되면 다시 꿈을 찾아야 된다"는 방송인 김숙 님의 얘기를 듣고 많이 공감했었는데요. 이 말처럼 꿈도 찾고 나 자신도 찾아야겠다는 생각이 들더라고요.

중고생 때 봤던 만화책 속 주인공의 "나를 어디서 잃어버렸을까"라는 말이 기억나네요. 한국인의 대부분은 이렇게 다른 사람의 시선 안에서 사는 것 같아요.

타인의 기준에 맞추려고 노력하고 다른 사람의 시선을 신경 쓰다 보면 나 자신에게 맞추는 게 어려워지는데요. 뭐든 해봐야 잘할 수 있다고 하잖아요. 자신을 돌보고 맞추는 것도 연습이 필요한 거죠.

열심히 살다 보니 나 자신을 잃어버린 느낌이거나 허무한 마음이 들 때 "오늘만큼은 나에게만 좋은 사람이 되어줘도 괜찮아"라는 말을 해주면서 하루를 나만을 위해서 살아보는 건 어떨까요?

조금은 이기적으로 말이죠. 사실 이게 당연한 건데 왠지 그러면 안 될 것 같다는 생각이 든다면 나에게 이렇게 얘기해주세요.

"오늘만큼은 나에게만 좋은 사람이 되어줘도 괜찮아요. 괜찮아요. 괜찮습니다…."

심리학의 가장 큰 매력은
'나 자신을 알게 된다'는 것

제 주변에 심리학을 공부한 분들을 보면 공부하게 된 계기가 대부분 '자기 자신을 알기 위해서'이거나 '다른 사람의 행동을 알고 싶어서'더라고요.

저는 심리학 공부를 시작할 때 제 자신을 알고 싶다거나 다른 사람의 속마음을 알고 싶다는 생각을 하지 않았어요. 그 당시에는 제 자신을 잘 알고 있다고 생각했고, 나를 알려고 심리학 공부를 하기에는 시간과 비용에 대한 부담도 컸거든요.

그저 심리학을 전문적으로 공부하면 스피치 교육에도 도움 되고, 커리어를 쌓는 데도 좋겠다는 생각뿐이었어요. 그런데 공부를 시작한 이유가 다른 분들과 너무 다르니까. 현실적인 이유를 가진 제 자신이 이상하게 느껴졌어요. 너무 속물 같은가 싶기도 했고요.

그런데 제 생각이 짧았죠. 막상 심리학을 공부하다 보니 이 학문의 가장 큰 매력은 '나 자신을 알게 된다'는 것이었어요. 나를 안다는 건 당연한 거라고 생각할 수 있지만 어떨 때에는 나도 몰랐던 나의 모습을 발견할 때가 있잖아요.

같은 행동도 여러 가지 심리학 관점에 따라 다르게 해석될 수 있다는 걸 배우면서 스스로를 뒤집어서도 보고, 옆에서도 보고, 여러 관점으로 보고 나니 제가 알던 저의 모습과는 또 다르더라고요. 그동안 몰랐던 저의 모습을 많이 알게 됐죠.

자신의 대화 스타일을 알아보는 '조하리의 창'만 봐도 '내가 아는 나'와 '남이 아는 나', '나도 알고 남도 아는 나', '나도 모르고 남도 모르는 나' 이렇게 여러 모습의 내가 있다고 하니까요.

이해되지 않은 일은
이해하려 애쓰지 말라

그래서인지 저는 이해되지 않는 일은 이해하려 애쓰지 말라는 말이 마음에 와 닿았어요.

이해가 안 되는 사람을 이해해보려고 애쓴 적이 있었는데요. '이해를 못 하는 내가 이상한 사람이 아닐까? 속이 좁나? 이해심이 부족한가?' 하면서 고민하게 되더라고요. 그러면서 '내가 이 정도밖에 안됐나?' 하는 스스로를 책망하는 마음이 들기도 하고요.

그런데 아무리 애써도 결국에 '이해할 수 없겠구나'라는 생각이 들었을 땐 정말 많이 허무했어요. 그때 존경하는 교수님께서 하셨던 말씀이 굉장히 오랫동안 저를 단단히 붙들어주었는데요.

"모두를 이해할 수 있다고 생각하는 것 자체가 너무나 큰 자만이고 오만이다. 인간은 인간을 이해할 수 없다. 그 사람이 되기 전까지는, 다만 이해하려고 노력할 뿐이다."

처음에 이 말을 들었을 때는 솔직히 '나한테 오만하다고 하시는 건가? 왜 나에게 이런 얘기를 하시지?' 하는 불편한 마음도 들고 누군가를 이해하기 위해서 노력하는 건 좋은 것 아닌가?' 싶어 속상했어요. 그래도 이런 말을 하신 이유가 있을 거라고 생각했기 때문에 그 이유를 찾기 위해 고민하고 또 고민했습니다.

지금 생각해보면 이해하려 했던 노력이 어느 순간 남에게 맞추는 것이 되어버리고 '남에게 맞추는 나'를 엄청 키워서 결국은 나를 잃어버리게 된 것 같아요. 다른 사람에게 인정받고 싶어서일 수도 있고, 누군가가 나를 이해해주면 좋겠다고 생각해서일 수도 있어요. 그냥 '나는 남들을 다 이해할 수 있는 성인군자 같은 모습의 마음이 큰 사람'이라고 생각했던 일종의 과대 자기였던 거죠.

'내 크기가 저 사람을 이해할 수 없구나'

지금은 그동안의 제가 남에게 맞춰왔다는 걸 인정하고, 다른 사람을 이해하기 어려울 수도 있지만 이해하려는 노력이 중요한 거라고 받아들이게 됐어요.

불편한 순간이나 이해가 되지 않는 사람을 보면 어떻게든 이해하려고 노력하느라 힘이 들었는데 지금은 '내 크기가 저 사람을 이해힐 수 없구나' 하고 자연스럽게 넘어갈 수 있게 됐거든요. 그래서일까요? 다른 사람의 '다름'을 받아들이는 게 더 편해졌어요.

재미있는 건 인정하고 나니까, 오히려 이해심이 넓다거나 유연하다는 얘기를 듣게 됐다는 거예요. 저는 그저 놓았을 뿐인데 말이죠.

저처럼 다른 사람에게 맞추려고 하는 건 한국인들의 특징 같아요. K-콤플렉스라는 말도 있잖아요. '효도해야 해, 책임져야 해, 분란을 일으키면 안 돼' 같은 '착한 아이 콤플렉스' 나 '장녀, 장남 콤플렉스' 같은 거요.

책임감이 강한 거라고 볼 수도 있지만 공동체 문화 안에 살면서 내가 중심이 아닌 다른 사람이 중심인 것을 강요받고 있었던 건 아닐까 싶었어요. 남들 신경 쓰다가 정작 자신에게 소홀해지고 불안해지는 거죠.

자신이 책임감을 가지고 하는 행동들로 행복을 느낀다면 다행이지만 만약 이게 나의 선택이 아니라 스스로에게 강요했던 거라면 나를 돌보는 시간을 먼저 가져보는 건 어떨까요.

\# 나 자신만을 위해서 무언가를 하면 마음이 불편하거나 죄책감
이 드시나요? 그 이유는 무엇인가요?

\# 스스로를 돌보는, 나만을 위한 시간을 얼마나 갖고 계시나요?

\# 그 시간에 나를 위해 무엇을 해주고 있나요?

나에게
꽃이 되는…

『당신이 내 이름을 불러준 순간』,
전승환

전승환 작가님은 제가 유난히 좋아하는 작가님 중에 한 분이신데요. 실제로 만나 뵙고 참 멋진 분이라고 생각했어요. 작가님은 아름다운 글이 누군가의 마음을 온기로 가득 채울 수 있다는 생각으로 글을 쓰기 시작하셨다고 하는데요. 2020년에 인문 분야 최장기 베스트셀러인 『내가 원하는 것을 나도 모를 때』라는 책을 쓰시기도 했습니다. 작가님의 책은 모두 좋지만 저는 개인적으로 『행복해지는 연습을 해요』라는 책을 가장 좋아해요.

여기에서는 『당신이 내 이름을 불러준 순간』이라는 책을 소개해드리려고 하는데요. 이 책 제목을 보는 순간 제가 중고 등학생 때 많이 좋아했던 김춘수 님의 시 「꽃」이 떠올랐기 때 문입니다.

저는 중고생 때 시를 참 좋아해서 시집을 끼고 살았어요. 좋아하는 시는 친구들에게도 알려주고 싶어서 예쁜 편지지 에 적어서 선물하기도 했고요. 그때는 친구들과 교환일기를 쓰는 것이 유행이라 일기에 예쁜 글귀를 많이 적었었는데 그 중에서도 김춘수 님의 시를 참 많이 썼어요. 전승환 작가님의 책에도 이 시가 담겨 있어서 너무 반가웠습니다. 우리는 좋아 하면 작은 것에도 의미를 담고 어떻게든 연결짓고 싶잖아요. 작가님이 '나랑 같은 생각을 했네, 같은 걸 좋아하네' 하며 의 미를 담고 싶은 마음이었죠.

말 한마디의
중요성

책 내용에 공감이 많이 되고 책장이 휙휙 넘어가서 짧은 시간에 얼마나 많이 읽었는지 몰라요. 특히 나이가 들수록 말 한마디의 중요성을 깨닫고 누군가의 말에 상처를 받기도 하고 큰 용기가 되기도 한다는 이야기에 많이 공감했어요.

요즘은 온라인에서 자신의 생각을 쉽게 표현할 수 있다 보니 말을 툭툭 던져서 상처 주는 일이 빈번해졌는데요. 제 지인도 댓글 때문에 상처를 많이 받았다고 해요. 그 친구는 구독자가 100만이 넘는 크리에이터고 인기가 많아서 긍정적인 댓글도 부정적인 댓글도 정말 많이 달리는데요.

그나마 이유를 대며 이 영상이 불편하고 싫다고 말하는 댓글은 촬영할 때나 편집할 때 조심하거나 개선할 수 있으니 건설적으로 받아들이게 된다고 해요. 하지만 존재 자체가 싫다며 이유 없이 무작정 욕을 남기는 경우에는 너무 큰 상처가 된다는 거죠.

유명해져서 돈을 벌고 있으니 욕먹어도 괜찮다는 댓글을 남기는 사람도 있다는 얘기를 듣고 저는 너무 화가 났어요. '정말 그렇게 생각해서 한 말일까?', '다른 사람의 노력을 폄하하면서 즐거운가?' 별별 생각이 다 들더라고요. 상대방에게 상처를 주면서 우월감을 느끼는 걸 수도 있고, 자신의 트라우마나 열등감을 안 좋은 방향으로 풀어내는 걸 수도 있죠. 하지만 저는 아무리 이해하려 해도 이런 행동을 받아들이기는 어렵더라고요.

더 속상했던 건 다른 사람에게 힘들다고 말하면 공감받지 못하고 더 욕먹는다는 그 친구의 말이었어요. 누군가는 배부른 투정이라고 말한다며 스스로도 '옛날보다는 나으니까' 하면서 감내한다고 하더라고요. 그래도 콘텐츠를 만들 때 재미있다는 피드백이나 정말 잘 보고 있다는 댓글을 보면 그 한마디에 힘이 나서 또 열심히 만들게 된다면서 이 직업을 선택한 이상 그렇게 살 수밖에 없는 것 같다고요. 참 바르고 심지가 굳은 친구라는 생각이 들어 감탄했어요.

한 분이라도 즐겁게 들어주신다면
그것만으로도 의미가 있다

저도 이 친구와 비슷한 경험이 있어요. 2018년 3월 말에 오디오클립 '책 속의 스피치'를 시작했는데요. 처음에는 그냥 조용히 좋아하는 책 이야기를 하고 싶어서 시작했는데 정말 많은 분들이 들어주셔서 신기하고 재미있었어요.

그런데 듣는 분들이 많아지면서 좋은 댓글도 안 좋은 댓글도 달리게 됐죠. 사람마다 생각이 다르니 안 좋은 댓글이 달릴 수도 있다고 생각은 했지만 역시 안 좋은 글을 보면 너무 속상하더라고요.

그래도 정말 잘 듣고 있다거나 제 이야기가 위안이 됐다는 글을 보면 힘이 나서 한 분이라도 즐겁게 들어주신다면 그것만으로 의미가 있다는 생각이 들어요. 그래서 아무리 바쁘고 힘들어도 몇 년째 매주 책 속의 스피치를 업로드하는 약속은 꼭 지키고 있어요.

"내가 그의 이름을 불러주었을 때, 그는 나에게로 와서 꽃이 되었다"는 김춘수 님의 「꽃」처럼 제 이야기를 좋게 들어주는 청취자님들 덕분에 오디오클립을 하는 의미가 더 커진 거죠.

'내가 나에게로 가서
꽃이 되는 건 어떨까?'

그러다가 청취자님들이 좋아하는 걸 해주고 싶고 잘 보이고 싶고 더 잘하고 싶다는 욕심이 생기더라고요. 욕심이 커지면서 어느 순간 제 기준을 잃어버리는 기분이 들었어요. 베스트셀러나 그동안 더 사람들에게 반응이 좋았던 책 종류를 찾게 되고, 책을 충분히 음미할 시간이 적어지면서 점점 책임감 때문에 하는 것 같고 저의 색깔을 잃어가는 느낌이었죠.

기업의 투자를 받기 위해 프레젠테이션 컨설팅을 받으셨던 대표님도 투자 유치를 성공한 후 더 큰 고민이 생겼다고 얘기한 적이 있었어요. 투자가 성사되고 나자 투자자들이 자기들 입맛에 맞게 기업의 성향을 좌지우지하려고 하는 것 같다는 거였죠. 게다가 투자사가 여러 곳이 되면서 각자 다른 방향을 제시해 선택이 너무 힘들다고요. 각기 다른 의견을 모두 받아들일 수도 없고 의견을 그대로 수용하면 기존에 기업이 추구하던 가치와 방향이 흔들리는 것 같았대요.

저는 대표님께 투자자들의 말에 귀는 열되 중심은 지키시라고 코칭을 해드렸어요. 흔들릴 수는 있지만 움직이지는 말라고요. 왜냐하면 투자자들은 대표님의 좋은 점을 보고 투자를 결정한 건데 투자자들의 말에 휘둘리다 보면 대표님이 원래 가지고 있던 장점을 잃어버릴 수 있으니까요. 대신 대표님이 보지 못하는 길도 있을 수 있으니 꼭 의견을 듣고 관점을 다양화하는 노력이 중요하다고 말씀드렸죠. 그런데 정작 제 일을 할 때는 저도 흔들리고 있더라고요. 중이 제 머리 못 깎는다는 말이 이래서 나왔나 봐요. 이렇게 또 누군가를 도우며 배우고 성장하는 거겠죠?

대표님께 이야기했던 것처럼 지도 중심을 잃지 않기 위해 노력해야겠다는 생각을 했어요.

사랑받는 것에 대한 감사한 마음은 그대로 가지고 가되,

사람들이 더 선호하는 책이 아니라 오래전에 나온 책이라도 괜찮으니 제가 보고 정말 좋았던 책들을 소개해드리자고요.

결국은 내가 '나'다울 때 가장 의미가 있는 거잖아요. 가끔은 다른 사람에게 가서 꽃이 되는 게 아니라 '내가 나에게로 가서 꽃이 되는 건 어떨까?'라는 생각을 했습니다.

여러분도 처음에는 즐겁게 시작했지만 하다 보니 부담을 갖게 됐거나 열심히 달리다가 '내가 지금 뭐하고 있지?'라는 생각이 들었던 경험이 있으신가요? 그때 어떻게 하셨나요?

\# 현재 나를 지치게 하고 불편함을 느끼게 하는 것은 무엇인가
  요?

\# 그리고 그것이 나에게 처음에는 어떤 의미가 있었나요?

흉기가 되기도
위안이 되기도 하는…

『개인주의자 선언』, 문유석

개인주의자라고 하면 우리나라에서는 긍정적인 시선보다는 부정적인 시선으로 보는 경향이 더 많은 것 같아요.다른 사람의 시선을 중요하게 생각하고 공동체 문화가 오랫동안 지속되어 왔으니까요.

그런데 『개인주의자 선언』을 쓰신 문유석 작가님은 스스로를 개인주의자라고 얘기합니다. 스스로를 사람을 뜨겁게 좋아하는 편이 아니고 인간 혐오증이 있다면서 회식이나 행사를 가장 싫어한다고 하세요. 어느 날 114상담사가 "사랑

합니다. 고객님"이라고 해서 반사적으로 "왜요?"라고 한 적이 있을 정도라고요.

작가님은 집단주의 문화가 강한 한국 사회에서 투사가 되기 싫다면 연기자라도 되어야 한다고 염세적으로 말했지만 저는 이 책이 오히려 따뜻한 책이라고 느꼈어요. 역설적이게도 감정이나 기분에 너무 치우치지 않기 때문에 사람이나 상황을 있는 그대로 봐주는 것 같았거든요. 자신을 잘 지키면서 다른 사람과 살아가는 방법에 대해 얘기하는 것이라고 생각했어요.

살인 사건이 벌어지는 대부분의
이유는 사람을 해치는 말

작가님은 결국 한국 사회에서 개인주의자로 잘 살아가려면 말이 중요하다고 합니다. 살인 사건에서도 사건이 벌어지는 대부분의 이유는 사람을 해치는 '말' 때문이라는 거죠. 누구나 약한 부분이 있는데 그 급소를 찌르는 말 때문에 실제로 사람을 해치기도 한다고요.

말 자체가 무시무시한 흉기가 될 수 있다는 작가님의 이야기에 저도 너무 공감하는데요. 이 글을 보면서 오랫동안 기억에 남는 상처받은 말이 생각났어요.

'책 속의 스피치'를 진행하면서 어떤 책을 소개해드릴지, 어떤 이야기를 하는 게 좋을지 고민이 된다는 제 얘기를 들은 친구가 "그냥 책 읽어주는 거잖아. 아무 책이나 읽으면 되는 거 아니야?"라고 말해서 충격을 받은 적이 있어요.

이야기를 들었을 때는 '아… 쉬운 일로 보이는구나…'라는 생각과 함께 당황스러운 마음이 들었어요. 그때는 그냥 넘어 갔는데 시간이 지나도 그 말을 계속 곱씹게 되는 거예요. 그 친구가 별생각 없이 툭 던진 말이 저에게는 상처가 된 거였죠.

저는 이 채널이 참 좋아요. 좋아하는 책 얘기를 사람들과 조용히 나누고 싶다는 마음 하나로 정말 좋아서 시작했고 오 랜 시간 꾸준히 고민을 하면서 쉬지 않고 이어온 의미있는 채 널이거든요. 오디오 장비나 편집하는 법 등 아는 게 하나도 없는 상태에서 시작했기 때문에 실수를 거듭하며 만들어서 그런지 더 애정을 많이 가지고 있기도 하고요.

그런데 이런 저의 노력이나 고민은 알아봐주지 않고 그저 쉽게만 보는 것 같아서 속이 상했어요. 저에게 소중한 것이 남들에게 쉽게 보인다는 것이 충격이었죠.

'그때 왜 그냥 넘어갔을까,

그렇게 말하면 상처받는다고 얘기할걸…'

뒤늦게서야 '그때 왜 그냥 넘어갔을까, 그렇게 말하면 상처받는다고 얘기할걸…' 이런 후회가 남더라고요.

TV를 보다가 한 남자 연예인이 방송인 김숙 님께 "얼굴이 남자같이 생겼어"라는 말을 툭 던졌어요. 상황을 보고 있는 저는 상처가 되는 말인지를 생각할 겨를도 없었는데 바로 "어? 상처 주네?"라고 맞받아치더라고요. 그 순간 '맞네, 상처 주는 말이네'라는 생각이 들면서 '와, 센스 있다'고 감탄했어요. 그리고 나도 저럴 때 참지 말고 내 마음을 센스 있게 표현해야겠다고 생각했어요.

상처가 되거나 불편한 얘기를 들었을 때 분위기가 흐려지거나 관계가 어색해질까 봐 참고 그냥 넘어가는 경우가 많은데요. 괜히 분란을 만드는 것 같고, 그냥 '내가 잘 이해하지 못했나 보다' 하고 넘어가게 되고요. 하지만 나도 상처받지 않을 권리가 있잖아요. 내가 상처받을 수 있는 말이라는 걸 표현해야 스스로를 지킬 수 있으니까요.

"말하기 어려웠을 텐데
힘든 얘기를 해줘서 고맙다"

그러려면 연습이 필요해요. 내 기분을 위해 상대방을 공격하거나 기분 나쁘게 하는 말을 연습하자는 건 아니고요. 상대방에게 그런 말이 나에게 상처가 된다는 것을 담백하게 알려줄 수 있는 말투나 단어를 고민하고 직접 소리 내어 말하는 연습을 해보자는 거죠. 그러면 적어도 불시에 당황스러운 말을 들었을 때 말문이 턱 막히면서 시간이 지나서 상처로 남지는 않을 테니까요.

말을 할 때 말투나 사용하는 단어는 정말 중요하잖아요.

스피치 수업에서 직장 동료와 어떻게 대화해야 할지 모르겠다는 분이 후배에게 상처받은 이야기를 하신 적이 있어요. 당직을 서는 날 저녁 갑자기 아이가 아파서 어쩔 수 없이 후배에게 사정을 얘기하면서 어렵게 이야기를 꺼냈는데 굉장히 사무적으로 앞뒤 다 자르고 "안 되는데요"라는 거절의 말을 들었대요. 물론 후배에게도 사정이 있으니 거절할 수 있다고 생각했지만 단칼에 거절하니 상처가 되더라며 그 후로는 후배와 눈을 마주치거나 인사를 하는 것도 불편해졌다고 해요.

만약 거절을 할 때 "정말 죄송해요~ 제가 오늘 한 달 전부터 약속된 가족 모임이 있어서 안 될 것 같은데 어쩌죠?"처럼 거절의 이유나 상황에 대한 설명을 했다면 어땠을까요?

혹은 "어쩌죠… 오늘은 어려울 것 같아요. 죄송해요. 혹시 무슨 일 있으세요?"라고 친절한 말투로 상대방의 급한 마음이나 상황을 읽어주었다면 상처를 받는 일도, 서먹해지는 일도 피할 수 있었을 텐데 하는 생각이 들었어요.

힘든 마음이나 상황을 그저 읽어주는 것만으로도 위로가 되잖아요. 저도 그런 경험이 있는데요.

모임에 한동안 참여하지 못하다가 오랜만에 찾은 자리에서 근황을 말하며 나올 수 없었던 이유를 이야기했어요. 안 좋은 일들이어서 어렵게 이야기를 꺼냈는데 제 얘기를 듣고 한 선생님이 "말하기 어려웠을 텐데 힘든 얘기를 해줘서 고맙다"고 하시더라고요. 그 말을 들으니 갑자기 눈물이 났어요. 그냥 참 위로가 됐어요.

여러분도 누군가 나의 힘든 마음이나 상황을 알아준 것만으로 위안이 되었거나 마음이 조금 편해진 기억이 있으신가요?

\# 그때는 대응하지 못했지만 나에게 상처가 됐던 말이 있으신가
  요? 그 말은 무엇이었나요?

\# 그 말에 어떻게 대답할지 써보고 소리 내어 연습해보세요.

나를
숨 쉬게 하는 말

『보통의 언어들』, 김이나

남의 인생은 '잘 편집된 예고편'이고, 나의 인생은 편집이 하나도 안 되어 있는 길고 반복적이어서 지루한 '롱테이크'잖아요. 그래서인지 주변을 보면 나만 빼고 다들 잘 먹고 잘 살이 보이고 하는 일도 잘되고 걱정도 없어 보이죠. 하지만 남들이 나를 봤을 때도 마찬가지일 거예요. 걱정 없이 하는 일도 잘되고 잘 사는 것처럼 보일 수 있어요.

저에게도 많은 분들이 돈도 잘 벌고 일도 잘 풀리고 좋은 일만 있는 것 같다고 하세요. 걱정 없겠다며 부럽다고요. 표면

적으로 보이는 제 주변 환경이나 상황이 유독 안정적으로 보이나 봐요. 저도 힘든 일, 속상한 일이 있고 항상 좋은 건 아닌데 말이죠. 이렇게 다들 다른 사람의 좋은 부분만 보고 부러워하지 힘든 일이나 속상한 일은 보려고 하지 않는 것 같아요.

제 경우에는 저 스스로 주변 사람들에게 힘들다는 얘기를 잘 하지 않기도 하고요. 힘들다고 말을 하더라도 담담한 말투로 얘기해서 더 모르는 건가 싶기도 해요.

고등학교 때 제일 친한 친구가 저에게 "나는 너랑 진짜 친하다고 생각해서 내 얘기를 다 하는데 너는 왜 네 얘기는 안 해?"라며 서운해한 적이 있어요. 정말 정말 좋아하고 친한 친구였는데 친구가 이렇게 생각했다는 게 너무 당황스러웠죠. 미안한 마음도 들었고요.

중학생 때 친구에게 제 비밀 얘기를 털어놨다가 다른 애들에게 퍼뜨려서 웃음거리가 된 후부터 저도 모르게 제 얘기를 하지 못했던 것 같아요. 그런데 가장 친한 친구에게도 말을 못하고 있었구나 싶었어요.

지금 생각해보면 자기 얘기를 할 수도 있고 안 할 수도 있고, 속 얘기를 하지 않는다고 친한 사이가 서먹해지는 것도 아닌데 고등학생 때는 친구가 전부인 시기잖아요. 게다가 가장 친한 친구가 서운해하니 더 마음에 걸렸죠. 그래서 그 후로는 그 친구뿐 아니라 가까운 사람들에게 제 얘기를 하려고 무던히 애를 썼어요.

그런데 일부러 제 얘기를 하려다 보니 솔직한 감정을 전달하기가 어려웠어요. 제 마음을 어디까지 말해야 할지도 모르겠고, 자꾸 힘든 상황을 말하면 상대방에게 부담이 되지 않을까 하는 걱정도 있었고요. 힘들어하는 모습을 그대로 보여주고 싶지 않은 마음도 있었던 것 같아요.

그래서 정말 힘든 일을 겪을 때는 말을 못 하고 혼자서 꾹꾹 참아내고 있다가 어느 정도 시간이 흐르고 그 일이 정리가 되면 담담하게 말하게 되더라고요. 그러니 여전히 다른 사람들은 저의 힘든 모습을 모를 수밖에요.

그래도 버티고 숨 쉴 수 있도록
위안을 받고 싶다

사람들에게 힘든 일을 모두 말하고 싶다거나 남들이 제 아픔을 알아줬으면 좋겠나고 생각한 적은 없어요. 그래도 버티고 숨 쉴 수 있도록 위안을 받고 싶다는 생각을 할 때는 있죠.

김이나 작가님의 『보통의 언어들』이 그런 책이었어요. 위안이 되는….

　작가님이 작사한 노래 가사를 보거나 방송에 출연해 말할 때를 보면 단어를 참 예쁘게 선택한다고 생각해서 책에도 그런 예쁜 이야기가 가득할 줄 알았는데요.

　막상 책을 펼쳐보니까 사람들을 미워하기도 하고, 선을 긋거나 뒷담화 하고 상처도 받는 그런 찌질한 얘기들이 솔직하게 녹아 있어서 너무 공감이 됐어요. 사람 냄새 나는 느낌이라 더 좋더라고요.

　"파이팅!", "지금 잘하고 있어!", "괜찮아. 잘될 거야~" 이런 예쁜 말이 힘이 될 때도 있지만 현실적으로 상황을 보게 하는 직설적인 표현이 더 공감될 때도 있잖아요. 실컷 울게 만드는 슬픈 말들이 쌓인 감정을 풀어주기도 하고요.

　작가님도 위로하는 노래의 스타일에 대한 이야기를 하면서 평정심을 갖고 싶은데 지금 너무 슬프다는 가사가 더 공감되고, 힘들어하는 가사 속의 화자가 나랑 다름없다고 느낄 때 더 위로를 받는다고 하시더라고요. 예쁘고 희망적이고 반짝거리는 내용의 노래보다 현실적이고 비극적인 표현의 가사가 내 얘기 같아서 더 많이 공감된다는 거죠.

"남들보다 많이 도전하니까
실패하거나 힘든 일도 많은 것뿐이야"

최근에 '나한테만 왜 이렇게 힘든 일이 많이 생기나'라고 생각한 일이 있었어요. 위로가 필요해서 평소 다정하게 얘기하는 선배님께 맥주 한잔이 필요한 날이라고 연락을 드렸죠. 선배님께 술 한 잔 얻어먹으면서 하소연하면 위로가 될 것 같았거든요. 근데 제 얘기를 들은 선배님이 "네가 도전을 많이 해서 그래~ 아무것도 안 하면 힘든 일도 없겠지. 그냥 남들보다 많이 도전하니까 실패하거나 힘든 일도 많은 것뿐이야"라고 하시더라고요. 열심히 살고 있기 때문에 그만큼 남들보다 좋은 사람도 나쁜 사람도 이상한 사람도 많이 만나는 것뿐이라고요.

신기하게도 이 말이 큰 위로가 됐어요. 그렇게 따뜻한 말은 아닌데도 말이에요. 왜 그렇게 위로가 됐는지는 지금도 잘 모르겠어요. 그냥 '아, 그렇구나'라는 생각이 들면서 상황이 정리되고 받아들이게 된 것 같아요.

간혹 진짜 열 받는 일이 있어서 감정을 주체하지 못할 때 주변에서 상황을 이성적으로 바라보게 하는 따끔한 말을 해주면 감정을 진정시킬 수 있기도 하잖아요. 막 화가 나는 상황에 대해서 같이 화를 내고 욕해주는 친구를 통해 카타르시스를 느끼기도 하고요. 예쁜 말을 하면서 토닥토닥하는 그런 것만 위로가 되는 건 아니라는 얘기를 하고 싶어요. 진짜 좋아하는 사람들과의 수다나 뒷담화도 위로가 되는 걸 보면 그런 말을 나눌 수 있는 사람 자체가 위로는 아닐까요?

저에게는 이런 사람 자체가 '나를 숨 쉬게 하는 언어'인 것 같아요.

저를 숨 쉬게 하는 언어는 사람이고 내 편인 거죠. 술 마실 일이 있다는 후배의 전화 한 통에 일부러 시간을 내어주고 함께 수다를 떨어줬던 선배님이 저에게 큰 위로가 되어준 것처럼요.

여러분을 숨 쉬게 하는 말은 어떤 말인가요?

여러분은 어떤 위로가 필요하신가요?

"다 이루어져라."

"그래 때려치우자!"

"이게 실화냐?"

"하얗게 불태웠어."

"배터리 없음, 난 이만."

"행복해졌으면 해."

"반짝반짝 빛나고 있어."

"나에게 좋은 사람이면 돼."

"그러라 그래."

"하면 된다!"

"문제없어! 다 잘될 거야."

"로또 당첨! 꿈은 이루어진다!"

대화의 허들을 낮추는
자기 개방과 고~~오급 질문법

『잡담의 힘』, 이노우에 도모스케

정신과 의사 선생님이 말하는 대화법이 담긴 『잡담의 힘』은 작고 귀여운 표지에 알찬 내용의 책입니다. 이 책의 작가님인 이노우에 도모스케 님께서는 직장에서 인사하는 방법이라든지, 동료들이나 친구들과의 대화, 가족들과의 일상적인 대화를 모두 잡담이라고 표현하고요. 어떻게 하면 잡담을 잘 할 수 있는지 다양한 예시를 통해 이야기하고 있습니다.

스피치 교육을 하면서 느끼는 건 일상 대화를 어려워하는 분들 중에 사회적 지위를 가진 장년층의 남성분들이 생각보다 많이 있다는 건데요. 자신의 전문 분야에 대해서는 말씀도 잘하시고 어려움이 없는데 직원들과 함께 식사를 하면서 말을 하거나 가족들과 일상적인 대화를 나누는 걸 어렵게 느끼시더라고요.

'자녀들의 말을 잘 받아주고 싶은데
어떻게 하면 좋을까?'

아버지의 말투가 너무 무뚝뚝해서 따님의 적극적인 권유로 스피치 교육을 하게 된 대표님이 계셨어요. 대표님의 고민 중 하나는 '자녀들의 말을 잘 받아주고 싶은데 어떻게 하면 좋을까?'였어요.

애교 많은 딸들이 출퇴근을 할 때마다 "엄마 아빠, 저 다녀올게요. 좋은 하루 보내세요~", "아빠, 다녀올게요~ 오늘도 파이팅!!" 이렇게 인사를 하는데 "어~" 말고는 무슨 말을 해야 할지 난감하다는 거예요. 무슨 대답을 해야 할지 고민만 하다가 타이밍을 놓쳐서 결국 "어~" 혹은 "그래"밖에 말하지 못한 거죠.

어떤 사람에게는 전혀 고민이 되지 않는 일일 수도 있습니다. 그런데 이 대표님께는 이런 일상에서의 상호작용이 너무 어려운 거죠.

호칭을 붙여서
대답해보라

그래서 먼저 제일 쉬운 방법으로 답변에 호칭을 붙여서 대답해보라고 권해드렸어요. 그리고 호칭 앞에 '우리'라는 말을 붙이면 더 좋다고 말씀드렸어요. "어~ 우리 딸~" 이런 식으로요.

우리 딸이라고 말하면 말하는 사람도 듣는 사람도 좀 더 함께하는 느낌을 받을 수 있거든요. 엄마와 아빠, 딸 모두를 포함해서 가족을 아우르는 표현이기도 하고 '우리'라는 말 안에 공동체의 의미가 담겨있기 때문에 한국 사람들이 좋아하는 표현이기도 하죠.

그런데 따님이 두 분이셔서 매번 "우리 딸"이라고 부르면 딸들 입장에서는 특별한 느낌을 덜 받을 수도 있기 때문에 다양한 표현들을 함께 알려드렸죠. 친밀한 관계에서만 사용할 수 있는 표현이나 좀 더 소유의 의미를 담고 있는 표현인 "그래, 내 큰 딸~", "어~ 그래. 우리 막둥이~"라든지, 이름을 넣은 "응~ ○○야~" 이렇게 대답하실 수 있도록요.

잡담을 잘해보려는
노력이 중요하다

이렇게 말하는 게 익숙해진 다음에는 따님들이 했던 말을 그대로 받아주는 걸 연습했어요. "아빠, 좋은 하루~"라고 말하면 "응~ 우리 딸도 좋은 하루~"라는 식으로요. 그리고 자주 해도 괜찮은 말들을 섞어 보시라고 알려드렸어요. 예를 들면 "좋은 하루", "파이팅!", "잘 다녀와", "이따 보자~" 이런 짧은 말을 같이 사용하는 거죠.

이런 문구를 한 가지만 사용해도 좋고, 두 개 이상 섞어서 사용하는 것도 좋은데요. "좋은 하루~ 파이팅!"이라든가 "잘 다녀와~ 이따 보자! 파이팅!" 이런 식으로 짧게라도 상호작용하는 대화를 반복하게 되면 서로 잘 통한다는 느낌을 갖게 되거든요. 이 방법들을 알려드리면서 처음에는 쑥스러우시겠지만 그래도 공식처럼 외워서 자주 말씀해보시라고 권해 드렸습니다

사랑하는 사람이나 내 가족이라고 무조건 잘 맞는 건 아니기 때문에 소소한 대화를 할 때에도 이런 노력이 필요한데요. 너무 소중하고 가까우면 서로 다른 사람이라는 걸 잊게 될 수도 있잖아요. 그럴수록 이런 잡담을 잘해보려는 노력은 정말

중요한 것 같아요.

물론 노력하고 싶은 마음이 굴뚝같아도 말하는 방법을 잘 몰라서 대화가 어려운 경우도 있고, 방법이 너무 과해서 되려 어색해지는 경우도 있어요.

파이팅을
줄 수 있는 말

또 다른 장년층의 대표님께서는 직장에서 필요한 스피치를 배우다가 수업이 몇 차례 진행되면서 가족 간의 대화에 대한 질문을 하셨는데요. 자녀들이 자꾸 아빠의 친해지려는 노력과 시도를 불편하게 느낀다는 거예요. 그래서 어떤 방식으로 대화를 하셨는지, 어떤 시도를 해보셨는지를 들어봤어요.

평소 이 대표님은 말수가 적고 애정 표현이 서툰 전형적인 대한민국의 옛날 아버지상이셨는데요. 어느 날 부모 자녀 강의를 듣고 나서 자녀와의 대화와 스킨십이 얼마나 중요한지 알게 되셨다고 해요. 그래서 그날 바로 집에 가서 실행해보신 거죠.

아빠가 평소와 다르게 갑자기 안아주고 볼 뽀뽀를 한 거예요. 중학생 아들과 고등학생 딸에게요.

짐작하셨겠지만 두 자녀가 모두 소스라치게 놀라며 질색했어요. 당시 대표님은 자녀들의 반응에 상처를 받아서 그 이후로 친해지려는 시도조차 못하셨대요. 그리고 10년이 넘게 지나서 자녀들은 성인이 됐지만 아직도 어색하다며 저에게 이 질문을 하셨던 거죠.

마침 명절을 앞두고 있던 때라서 그전 명절에는 자녀들과 뭘 하셨고 어떤 말을 나눴는지 여쭤봤어요. 대부분의 가정에서 그렇듯이 아들과 소파에 나란히 앉아서 어색하게 대화 없이 TV를 본다고 하시더라고요. 그러다 가끔 "얼마 버냐?", "결혼 안 하냐?", "누구는 어디 다닌다더라" 이런 식의 젊은 세대가 싫어하는 베스트 질문들을 하셨다는 거예요.

그래서 차라리 "요즘 잘 지내냐?" 같은 포괄적인 질문으로 대체하시고 "많이 힘들지"라든지 "피곤하지, 잘하고 있다"처럼 파이팅을 줄 수 있는 말을 덧붙이길 권해드렸어요.

그리고 뭔가 이야기를 더 하셔야겠는데 어떤 질문을 할지 모르겠다면 휴대기기 앱 사용 방법을 물어보거나 대표님의 근황을 이야기하시라고 했어요. 옛날 얘기 말고요. 이렇게 나의 정보를 먼저 꺼내면 상대방에게 우리가 특별한 관계라는 느낌도 줄 수 있고 상대의 마음을 더 수월하게 열 수 있거든요.

"선생님은 미팅 끝나면
어느 방향으로 가세요?"

이 책의 작가님도 '나는 이런 사람이고 내 정보를 공개하
겠다'는 의미를 가진 자기 개방이 대화의 허들을 낮출 수 있
다고 말씀하셨어요. 그리고 상대방이 대답하기 곤란한 질문
이나 부담스러운 질문을 하지 않도록 질문 매너에 대한 이야
기도 스피치 고~~오 급 스킬로 강조하셨죠.

예를 들면 "미팅 끝나고 어디로 가세요?"라고 질문하면 구
체적으로 대답해야 한다는 생각이 들어 압박감을 느낄 수 있
고요. 특히 친하지 않을 경우에는 보고하는 것 같아 불편하게
받아들일 수도 있는데요.

"미팅 끝나면 어느 쪽으로 가세요?"라고 물어보면 목적지
를 그대로 밝히지 않아도 되니 대답에 대한 부담을 덜 수 있
는 부드러운 질문이 됩니다.

부드럽게 질문하면서 자아 개방을 더할 수도 있는데요.
"저는 구로 쪽으로 가는데, 선생님은 미팅 끝나면 어느 방향
으로 가세요?"처럼 부드러운 질문에 자신의 이야기를 더하
면 말하는 사람의 부담을 덜면서 더 구체적인 대답을 들을 수
있어요.

다른 사람을 배려하는
대접하는 잡담

스피치 교육을 하다 보면 비즈니스 스피치는 교육을 받을 필요가 있다고 생각하는 분들은 많이 계시지만 일상적인 스피치의 경우 "그냥 말하는 건데 뭐하러 교육을 받냐?"는 분들도 많이 계세요.

하지만 우리나라 말은 특히 아 다르고 어 다르잖아요. 말투나 사용하는 단어에 따라 뉘앙스도 완전히 달라지고요. 내 마음에 나쁜 의도가 없으니 상대방도 좋게 받아들일 거라는 생각으로 배려 없는 말하기를 하다가 관계가 많이 나빠지는 경우도 자주 봅니다.

그래서 상대방을 배려하는 말하기가 필요한 거죠. 작가님은 이것을 '대접하는 잡담'이라고 표현하셨어요. 이렇게 다른 사람을 배려하는 대접하는 잡담을 하면 상대방이 나와 보내는 시간을 기분 좋게 느낄 수 있습니다. 그리고 나에게 마음을 열어 애착을 갖게 되고 그게 신뢰로 이어질 수도 있고요.

저는 무엇보다 다른 사람을 배려해서 예쁘게 말하는 것은 자신을 위해서도 좋은 거라고 생각해요. 상대에게 말하는 것을 나도 듣고 있으니 스스로에게 예쁘고 좋은 말을 많이 들려주면 좋잖아요. 상대방을 위해서, 나를 위해서 대접하는 말하기를 시도해보세요.

내가 하는 말 자체가 곧 '나'이기도 하니까요.

\# 대화를 시작할 때 어려웠던 경험이 있으신가요? 어떤 상황이
   었나요?

\# 그 상황에서 내가 했던 말은 무엇이었나요?

감정에서 시작되는
의사소통

『심리치료에서 정서를 어떻게 다룰 것
인가』, 레실 그린버그·산드라 파이비오

함께 일하는 사람들과 커뮤니케이션에 불편을 느껴 상담을
오신 분께 어떤 상황에서 커뮤니케이션이 잘 안 된다고 느꼈
는지 물었어요.

자신은 다른 사람에게 말을 할 때 죄송한 일이 아닌데도
"바쁘신데 죄송합니다만~" 이렇게 조심스럽게 말을 시작하
는 예의 바른 사람인데 그래서인지 상대방이 불편하게 느끼
거나 얕잡아 보는 것 같다고 하시더라고요.

그래서 내가 생각하는 것과 실제로 말을 하는 것이 다르게

표현될 수 있으니 말투나 말하기 방법을 분석해보고 상대에게 어떻게 전달되는지 확인해보는 것이 좋겠다고 했어요.

그런데 선생님은 스스로 말을 잘하는 편이니 확인할 필요는 없다며 자신은 정말 친절하게 말을 꺼냈는데도 다른 사람들이 불편하게 대하니까 딱딱하게 말하게 된다고 하셨어요.

계속 대화를 나누면서 저는 이 선생님과 대화가 잘된다는 느낌이 들지 않았어요. 커뮤니케이션이 안 되는 모든 이유를 상대방의 탓으로 돌리며 자기변명을 하고 계셨거든요.

상담을 하러 온다는 건 스스로 바꾸려는 건데 이야기를 나눌수록 자신은 잘하고 있는데 다른 사람이 불편하게 대하니 그들을 바꾸려면 어떻게 할지를 물어보는 것 같았어요. 그냥 스킬적인 방법으로 다른 사람들을 어떻게 다룰지를 물어보러 오신 느낌이었죠.

의사소통에서는 감정, 즉 정서가
소통의 본질이자 의사소통 자체다

상대방이 불편을 느끼는 이유를 생각해보고 그 사람의 상황이나 감정을 고려하기보다는 다른 사람을 탓하는 모습을 보며 사람들과 정서 교류를 잘 못하시는 것 같은 느낌도 들었고요.

스킬을 배우면 당장 불편한 사람과 커뮤니케이션이 될 수는 있겠지만 분명히 또 다른 사람과의 커뮤니케이션에서 문제가 생길 거예요. 감정의 교류가 되지 않은 상태로 스킬만 사용하면 가식적이거나 진심이 담겨 있지 않다고 느낄 수 있으니까요. 그래서 정서에 대한 얘기를 할 수밖에 없는데 이런 얘기를 하면 선생님께서 거부감을 느끼실 것 같아서 어떻게 교육을 해야 할지 굉장히 고민이 많이 됐어요.

커뮤니케이션을 잘하려면 단순하게 스킬적인 부분만 배우는 게 아니라 상대방의 상황과 감정을 고려하는 게 필요해요. 왜냐하면 의사소통에서는 감정, 즉 정서가 소통의 본질이자 의사소통 자체이기 때문이에요. 정서를 제외하고 말을 하면 상대방의 입장에서는 진심이 느껴지지 않는 거죠.

정서 경험은 자신의 생각을 변화시키기도 하고
타인과 의사소통하는 방식도 변화시킬 수 있다

『심리치료에서 정서를 어떻게 다룰 것인가』라는 책을 쓰신 임상심리학자인 레실 그린버그(Leslie S. Greenberg) 작가님과 산드라 파이비오(Sandra C. Paivio) 작가님도 정서 경험은 자신의 생각을 변화시키기도 하고 타인과 의사소통하는 방식도 변화시킬 수 있다고 말합니다. 사람들을 만나 다양한 감정을 느끼고 상대방과 그 감정을 교류하는 정서 경험이 의사소통에 영향을 끼친다는 거죠.

공감적 반영이
중요하다

인본주의 심리학자인 칼 로저스(Carl Ransom Rogers) 역시 상대방의 이야기를 들어주고 이해한 것에 자기의 의견을 더하거나 분석하지 않고 다시 말해주는 공감적 반영(empathic reflection)이 중요하다고 해요.

다른 사람의 감정이나 의견을 듣고 나도 같다고 느끼는 것을 공감이라고 하잖아요. 이렇게 감정을 함께 느끼면 개인과 개인이 연결되어 있다는 느낌을 줄 수 있어요.

연결이라고 얘기하니까 감정의 교류는 친밀한 사람들 사이에서만 이뤄지는 거라고 생각할 수 있을 것 같아요. 하지만 일하면서 만나는 직장 동료들과도 보편적인 공감을 할 수 있고요.

또 전혀 모르는 불특정 다수의 대중들과도 하나의 상황이

나 사건을 보면서 같은 감정을 느낄 수도 있어요. 올림픽이나 월드컵에서 우리나라 선수들이 경기를 잘하면 친한 사람들끼리만 좋은 게 아니라 수많은 사람들이 기분 좋고 그 순간 온 국민이 하나가 되는 느낌이 드는 것처럼요.

'리액션을
위한 리액션'

이렇게 우리가 공감이라고도 표현하는 연결되는 느낌은 대화에서 정말 중요하고 나아가서 관계에 큰 영향을 끼치는데요. 감정의 전달과 교류가 되지 않는다고 생각이 되면 특히 가까운 사이에서 더 서운해질 수 있고 관계 지속에 문제가 생기기도 해요.

친구가 소개팅으로 대화가 너무 잘 통하는 남자를 만났다고 했어요. 리액션이 굉장히 좋아서 처음 만난 날 자기의 개인적인 얘기를 다 털어놓을 정도였다고요. 저도 잠깐 함께 본 적이 있는데요. 정말 리액션이 많은 분이었어요.

하지만 이분과 친구의 연애는 오래가지는 못했어요. 처음에는 말을 너무 잘 받아줘서 '나를 정말 위해주는구나, 우리가 통하는구나' 싶었는데 다른 사람에게도 똑같은 반응인 걸 보면서 나는 특별한 사람이 아니라는 생각이 들었다는 거예요. 만날 때마다 작은 것에도 큰 것에도 똑같이 반응하고 다른 사람들도 똑같이 대하니 자기 얘기에 정말 공감한 건지, 공감하는 척한 건지 알 수도 없고 신뢰가 가지 않았다고요.

함께 만났던 기억을 떠올려보면 그 남자분은 대화를 할 때마다 같은 말을 반복하며 대답을 했어요. "예예", "네네", "그래 그래", "맞아요 맞아요"처럼요. 사실은 좋은 리액션이 아니었던 거죠. 잘 모를 때는 내 말에 동의를 표하고 공감하는 것 같이 느껴지지만 누구에게나 이렇게 반응하는 것을 보면서 영혼 없는 리액션이라는 걸 다들 알게 되는 거예요.

같은 말을 여러 번 반복하는 것 외에도 별게 아닌데 오버스럽게 놀란 척을 한다거나, 여러 번 본 것을 처음 본 것처럼 신기해하는 반응도 좋은 리액션이 아닌데요. 저는 이런 행동을 '리액션을 위한 리액션'이라고 말해요. 사회생활을 하다 보면 자동적으로 리액션이 나가는 게 습관이 되기도 하지만 너무 심해지면 진심을 알 수가 없게 됩니다.

싸움 후에 더 친해지는 것도
감정의 교류가 있었기 때문이다

오래된 관계에서 특별한 대화 없이도 편안함을 느낄 때가 있잖아요. 이렇게 말없이 통하는 사이가 된 이유는 서로 그만큼 많은 감정을 공유하면서 친밀감을 느꼈기 때문일 거예요. 이야기만 많이 나눈 것이 아니라 정서 교류를 그만큼 많이 한 거죠.

기쁘고 즐거운 감정만 나누는 것이 아니라 부정적이고 나쁜 감정도 함께해온 것인데요. 싸움 후에 더 친해지는 것도 이런 감정의 교류가 있었기 때문이에요.

하지만 부정적인 감정이 들면 그 감정을 직면하고 싶지 않죠. 그걸 다른 사람과 공유하는 건 상상할 수도 없고요. 안 좋은 감정을 느끼고 보는 게 힘들고, 견딜 수 없는 나를 보는 건 마치 능력 없는 사람같이 느껴져서 더 싫으니까요.

『심리치료에서 정서를 어떻게 다룰 것인가』에서는 상담 내용을 사례로 들며 심리 치료에서 정서의 중요성과 교류 방법을 이야기해요. 그리고 왜곡된 정서를 만나야 막힌 곳이 뚫리고 그렇게 제대로 경험해야 성장할 수 있다고 합니다. 나쁜 감정도 제대로 봐야 성장할 수 있다는 거죠. 고통을 느껴야

지나갈 수 있기 때문에요.

　지금 당장 누군가와 꼭 나의 부정적인 감정을 공유하지 않아도 괜찮아요. 이 책을 보면서 여러 가지 사례를 보고 나에게 적용시킬 수 있는 것들을 찾아서 나의 감정을 바라봐주면 좋겠어요.

\# 부정적인 감정이 들 때 그 감정을 솔직하게 보여줄 수 있는 누
　 군가가 있나요?

\# 그런 사람이 있어도 적당히 감추고 일부만 드러내는 편인가
　 요? 아니면 그 감정을 있는 그대로 표현하는 편인가요?

나를 괴롭히는
습관적인 나의 말

『네 안에 잠든 거인을 깨워라』,
앤서니 라빈스

노력한다고 모두 같은 결과가 나오는 게 아니란 걸 알아도 실패를 생각하면서 노력하는 것은 힘들죠.

게다가 내가 노력한 만큼 긍정적인 결과를 바라는 게 잘못된 건 아니잖아요. 어떤 사람들은 별로 노력도 안 하고 잘만 되는 것 같은데 말이죠.

일을 하면서 투자 유치를 위해 발표 준비를 하는 스타트업 대표님들을 만나는데요. 열심히 한 대표님들이 좋은 결과를 거두지 못할 때는 참 안타까워요. 대표님만 최선을 다한다고 해서 무조건 투자가 성사되는 것도 아니고, 운도 따라야 하고 시기도 맞아야 하고 영향을 주는 것들이 많이 있으니까요.

이렇게 열심히 했는데 원하는 결과가 나오지 않았을 때 '아니야, 이게 최선은 아닐 거야. 난 더 잘할 수 있어. 더 열심히 해야 해' 하면서 스스로를 나약하다고 생각하고 계속해서 채찍질하기도 하는데요.

가장 친한 친구가 이렇게 자책을 할 때 "그러니까 더 열심히 했어야지. 진작에 열심히 하지 그랬어! 넌 더 노력해야 해" 이렇게 말하는 분들은 거의 안 계실 겁니다. 그런데 참 신기하게도 자기 자신에게는 이렇게 이야기하고 있죠. 나와 평생 함께 사는 사람은 바로 나인데 말이죠.

열심히 해온 나에게 더 열심히 하라고
말하는 건 너무 잔인하잖아요

많은 사람들이 자기도 모르게 열등감을 느낄 수밖에 없도록 스스로를 세뇌시키는 말을 하고 있는 것 같아요. 그래서인지 열등감이 성장의 자본이 될 수 있다고 말한 심리학자 알프레드 아들러가 우리나라에서 엄청나게 사랑받고 있나 봐요. 세계적으로 아들러 심리학파는 마니아층만 좋아하는 심리학자인데 유난히 동양에서는 큰 사랑을 받고 있어요.

여러분도 노력한 만큼 결과가 나오지 않았을 때 더 열심히 못한 스스로를 자책하면서 더 열심히 해야 한다고 자기 자신을 궁지에 몬 경험이 있으신가요? 우리가 할 수 있는 건 최선을 다해 준비하는 것뿐인데… 열심히 해온 나에게 더 열심히 하라고 말하는 건 너무 잔인하잖아요.

같은 상황에서 '열심히 안 해서 괜찮아'라고 하는 분들도 있어요. 하지만 그것도 스스로를 자책하는 또 다른 방법일지도 몰라요. 결과가 좋지 못한 것이 본인의 노력이 부족했기 때문이라며 회피한 것뿐이니까요.

왜 우리는 스스로가 노력한 것 그 자체를 인정해주지 않을까요? 결과에만 매달려서 노력의 가치를 낮게 보고 있는 건 아닐까요? 왜 자기의 노력을 인정하지 않고 자신을 낮추는 말을 계속하는 걸까요?

습관적으로 하는
질문을 바꿔야 한다

앤서니 라빈스 작가님은 『네 안에 잠든 거인을 깨워라』에서 말이 얼마나 큰 힘을 가졌는지에 대해 이야기하고 있어요.

특히 습관적으로 사용하는 말이 자기 자신과 의사소통하는데 영향을 주고 결국 자신의 경험에도 영향을 준다고요.

내가 가진 감정이나 행동이 사건 자체로 결정되는 것이 아니라 어떤 경험과 사건을 내가 어떻게 해석하고 평가하는지로 결정된다고요.

투자 유치에 실패해서 스스로를 깎아내리며 열등감에 사로잡히는 것은 투자가 성사되지 않은 사건 때문이 아니라 그 실패가 내 노력의 부족에서 왔다고 해석하고 자기를 낮게 평가한 것에서 결정되는 것이라는 거죠.

스스로 열심히 했던 것을 저평가하지 말고 '이번에는 운이 안 따랐을 뿐이야'라든가 '원하는 결과가 나오지 않은 다른 이유가 있을까? 다르게 분석하려면 어떤 관점으로 봐야 하지?'처럼 다르게 생각하고 다르게 말하는 게 필요하다는 거예요.

우리는 스스로가 하는 질문에 답을 하면서 살아가고 있기 때문에 삶의 질을 높이고 싶다면 습관적으로 하는 질문을 바꿔야 한다고 작가님도 이야기하고 계신데요. 질문으로 생각을 바꾸고 결과를 바라보는 관점과 감정을 변화시킬 수 있다고요. 성공하는 사람은 더 나은 질문을 하고 그 결과 나은 답을 얻는다고 합니다.

직접 와서 수업을 들으면
응원받는 기분이 들어요

생각의 방식과 습관처럼 하는 말을 바꾸는 것이 얼마나 중요한지 저도 많이 느껴요.

저와 수업을 함께하는 분 중에 멀리 사셔서 저희 사무실에 오려면 왕복 5시간 정도 걸리는 스타트업 대표님이 계세요. 너무 거리가 머니까 수업을 비대면으로 진행하자고 권했는데 대표님이 계속 직접 오시겠다며 매번 먼 거리를 오시는 거예요.

오가는 시간이 수업 시간보다 더 긴데 굳이 오시는 이유가 있는지 물어봤어요. 그랬더니 "대표가 되고 나서는 항상 평가를 받아왔고 내가 누군가를 응원해주는 역할만 했다"면서 직접 와서 수업을 들으면 응원받는 기분이 든다고 하시더라고요. 제 말에 힐링도 되고 에너지도 받는다고요.

대표님의 말을 듣고 제가 무슨 말씀을 드렸는지 생각해보게 됐어요. 대표님을 응원하는 마음은 있었지만 특별히 응원의 말을 한 건 아니었어요. 그저 대표님이 지금 잘하고 있는 걸 잘하고 있다고 말했고, 새롭게 시도하는 걸 들으면 좋은 아이디어는 대단하다고 말씀드린 것뿐이었어요. 또 보완이 필요한 부분이 있다면 제 생각에 이런 부분이 있으면 더 좋을 것 같다고 말씀드렸고요.

그런데 마음이 전달됐던 걸까요? 저의 잘하고 있다는 말이 대표님에게는 충분히 힘이 됐던 거죠.

습관처럼 하는 말은 자기의 역량을 한정시키기도 하고 에너지를 빼앗기도 하지만 말의 방식을 바꾸면 에너지를 주기도 하고 그 에너지를 폭발시킬 수도 있어요.

누군가는 결과만 보고 환호하겠지만 과정이 중요하다는 것도 분명 알고 계실 거예요. 버티고 있는 이 순간이 있었기 때문에 좋은 결과를 낼 수 있다는 것도요. 그 과정을 잘 버틸 수 있도록 스스로에게 좋은 말을 습관처럼 해주면 어떨까요? 이 책의 제목처럼 내 안에 잠든 거인을 깨울 수 있도록요.

\# 열심히 노력했는데 원하는 결과가 나오지 않았을 때 여러분은
  스스로에게 어떻게 얘기해주고 계셨나요? 그 말을 써보고 다
  른 방식으로 바꿔보세요.

2장

이상하게도
아무도 없다고
생각하는 순간에

당신은 나를
더 좋은 사람이 되고 싶게 해

『사랑한다고 상처를 허락하지 말 것』,
김달

저는 연애나 사랑에 대해 이야기하는 책을 소개하는 게 너무 어려워요.

사랑은… 특히 연애와 관련된 사랑의 감정은 사람마다 너무너무 다르잖아요. 그래서 말하는 게 조심스러운데요. 좋은데 조심스럽고, 달달한 감정과 긴장감이 동시에 느껴지기도 하고, 심장이 쫀쫀해지는 느낌이라고 할까요.

누군가를 좋아하고 사랑하기 시작하면 하루 종일 그 사람으로 가득 차잖아요. 잠잘 때도, 밥 먹을 때도 자꾸만 그 사람이 떠오르고, 그러다 보면 내가 사랑하는 사람은 자꾸자꾸 커져만 가는데 나는 자꾸자꾸 작아지는 기분이 들기도 하고요.

지금은 시간이 많이 지났지만, 제가 사랑하는 사람과 헤어졌을 때 곁에 있는 사람들이 "네가 너무 좋아해서 말은 못 했는데, 그 사람 정말 별로였어"라는 말을 했어요. 나를 위로하려는 마음은 고마웠는데 저는 그 얘기가 너무 슬프더라고요.

'나를 아끼는 사람들이 나에게 조언도 하기 어려울 만큼 내가 사랑에 눈이 멀었었나?'

'내가 사람 보는 눈이 없었던 걸까? 그럼 지금까지 내가 사랑한 시간은 뭐였지?'

이런 여러 가지 생각이 들면서 나를 잃어버린 것 같았거든요.

제대로 된 사람을 만났다는 분명한 증거는
변해가는 내 모습이 마음에 드는 것

이렇게 나를 잃어가는 사람들에게 김달 작가님은 책 『사랑한다고 상처를 허락하지 말 것』에서 함께하는 시간 동안 변하는 내 모습도 마음에 드는 것이 제대로 된 사람을 만났다는 분명한 증거라고 말했습니다.

이 문구를 읽었을 때 정말 공감했어요. 동시에 1998년도에 나왔던 〈이보다 더 좋을 순 없다(As Good As IT Gets)〉는 영화가 생각났어요.

성격이 괴팍하고 강박증이 있는 유명 작가가 자주 가는 식당의 웨이트리스와 사랑에 빠지는 내용인데요. 기억나는 분들도 많으실 텐데요. 프러포즈를 하면서 했던 대사가 아주 유명해요.

"당신은 내가 더 좋은 남자가 되고 싶게 만들어요."
"You make me want to be better man."

꽤 오랫동안 명대사로 사랑받았죠. 사랑은 영화의 주인공처럼 절대로 바뀌지 않을 것 같은 사람도 변하게 만듭니다.

"오늘은 어떤 하루였어?"
"오늘 기분은 어때?"

저도 사랑을 할 때 상대방에게 좋은 영향을 끼치고 싶다는 생각을 많이 하는데요. 함께 하는 시간이 즐겁고 행복하면 좋겠고, 많이 웃게 해주고 싶거든요. 그러려면 서로를 잘 알아야 한다고 생각해서 연인과 대화를 많이 하려고 노력해요. 특히 감정과 기분을 자주 물어봅니다.

그래서 하루 일과가 끝나면 제 연인에게 "오늘은 어떤 하루였어?", "오늘 기분은 어때?"라고 말을 건네는데요. 사귄 지 얼마 안 됐을 때는 대답을 잘 못 들었어요. 보통의 남자들이 그렇듯이 자기의 감정이나 기분, 있었던 일들을 말로 꺼내본 적이 많이 없어서 더 그랬던 것 같아요. 어른이 되면 다들 그렇죠. 감정을 묻는 경우도 드물고, 감정적으로 대응하면 안 된다고 배우며 자랐잖아요.

처음에는 낯설어하고 "뭐 맨날 똑같지. 일했어. 그냥"이라며 쑥스러워하기도 했지만 매일 관심을 가지고 대화를 했더니 이제는 제가 묻지 않아도 먼저 말해주기도 하고 저는 어땠냐며 물어보기도 합니다. 그러면서 오늘 하루가 어땠는지, 어떤 일이 있었는지, 어떤 기분이었는지 얘기하는 것이 너무 좋고 행복하다는 말을 하더라고요.

하루 일과를 말하며 감정을 공유하고 뭔가 일이 있었을 때 격려하는 말을 해주면 제 연인에게는 그게 참 큰 힘이 되는 것 같아요. 이제는 먼저 자기 이야기도 잘 꺼내는 방향으로 조금씩 바뀐 거죠.

자신이 사랑받는다고 느끼는
다섯 가지 '사랑의 언어'

게리 채프먼(Gary chapman)은 『5가지 사랑의 언어』에서 사람마다 자신이 사랑받는다고 느끼는 표현을 다섯 가지로 구분해 '사랑의 언어'라고 불렀어요. 사랑의 언어는 인정하는 말, 함께하는 시간, 선물, 봉사, 스킨십이 있습니다.

인정하는 말
상대방을 존중하고 격려하고 인정해주는 말을 자주 하는 것

함께하는 시간
상대에게 온전히 관심을 주고받는 시간으로 시간 자체의 길이보다 시간의 질을 의미

선물
비싸고 좋은 물질적인 것을 의미하는 것이 아니라 상대방이 좋아하고 관심 있는 물건을 전하는 깃

봉사
상대방이 원하는 것을 봉사하는 행동을 통해 전하는 것

스킨십

사랑하는 사람과 스킨십을 자주 하는 것

누구나 이 다섯 가지를 통해 사랑을 받는다고 느낍니다. 하지만 개인마다 다섯 가지 중 유독 큰 비중을 차지하는 것이 있어요.

첫 번째 나의 사랑의 표현이 채워지지 않으면
다른 네 가지가 채워져도 결핍을 느낀다

그런데 재미있는 건 첫 번째 나의 사랑의 표현이 채워지지 않으면 다른 네 가지가 채워져도 결핍을 느낀다는 겁니다. 반대로 첫 번째 사랑의 언어가 충분히 채워지면 나머지가 채워지지 않아도 그 관계가 잘 유지될 수 있다는 겁니다. 서로가 가장 중요하게 생각하는 사랑의 언어를 충분히 채워주는 게 중요하다는 거죠.

어떤 사람은 하루 종일 함께 있어도 선물을 받지 않으면 그 사람에게 사랑받지 않는다고 생각할 수도 있고요. 반대로 너무 좋은 선물을 안겨줘도 함께하는 시간이 상대적으로 부족하면 사랑받는 느낌을 전혀 못 받을 수도 있죠. 또 어떤 사람은 진짜 하기 싫은 화장실 청소를 솔선수범해서 해주거나 냄새가 폴폴 나는 음식물 쓰레기를 선뜻 버려주는 연인을 보며 사랑을 느낄 수도 있습니다.

이 다섯 가지를 딱 잘라서 구분할 수는 없어요. 선물도 결국 그 사람을 잘 알아야 할 수 있는 것이고 봉사 역시 상대를 생각하는 마음에서 시작하는 것이죠. 다만 사랑하는 마음을 표현하는 방법을 구분한 것뿐입니다. 사람마다 유독 더 좋아하고 마음이 움직이는 부분이 다르다는 거죠.

제 연인은 그중 '인정하는 말'과 '함께하는 시간'을 가장 중요하게 생각하는 것 같아요. 그래서 저는 그 친구의 말을 듣고 리액션을 신경 써서 하고 그 친구의 행동에 대해 대단하고 멋있다는 의미의 말을 많이 해줍니다.

사랑에 빠지는 것은 운명 같은 일일 수도 있지만 사랑을 유지하는 것은 노력이 필요한 일이니 사랑하는 사람을 위해서 그 사람이 좋아하는 표현으로 사랑을 전하자는 거죠.

내 기분을 하늘 높이 올라가게도 하고 저 밑바닥까지
땅 파고 들어가서 땅속 깊이 내려앉게도 만드는 것

하지만 사랑이 꼭 좋은 것만 있는 건 아니죠. 내 기분을 하늘 높이 올라가게도 하고 저 밑바닥까지 땅 파고 들어가서 땅속 깊이 내려앉게도 만들잖아요.

연애를 하다 보면 자존감의 크기와 상관없이 사랑하는 사람에게 거절받거나 외면받는 것만으로도 내 안으로, 안으로, 안으로 들어가게 되는 것 같아요. 사랑해서 더 상처받기도 하고요.

친한 동생이 예전에 "나는 사랑하는 사람에게 내 밑바닥까지 보여주게 되면 아, 이 사람과 헤어져야겠다는 생각이 든다"고 얘기한 것이 생각나는데요.

사랑하니까 감정적이 되죠. 더 많이 속상하고 더 상처가 되기도 하고요. 그러다 보면 자기도 모르게 울컥하고 올라온 마음이 말과 행동으로 표출될 때가 있잖아요. 그러고 나서 뒤늦게 '나만 못됐나, 내가 나쁜 건가' 이런 생각이 든다는 거예요. 나를 괴물처럼 느끼게 한 상대방이 가장 사랑하는 사람이라는 게 원망스럽기도 하고 그런 자신의 모습을 보면서 그 사랑에 회의감을 느꼈다고 해요.

당신은 당신의
상처보다 큽니다

사랑을 하면서 이런 마음은 크든 작든 누구나 들 수 있잖아요. 이럴 때 어떤 사람은 상대방에게 화살을 돌리기도 하죠. 또 어떤 사람은 스스로를 잘 다독이며 비교적 잘 이겨내기도 합니다. 하지만 누군가는 그 화살을 자기 자신에게 돌려서 계속 자책을 하기도 해요. 상처 난 데 계속 소금 뿌리듯이 끊임없이 자신을 탓하면서요.

사랑이 상처가 되면 그 어떤 것보다 아프고 쓰리죠. 이렇게 사랑 때문에 상처받는 분들께 꼭 드리고 싶은 이야기가 있어요. 그런데 이 말을 길게 하면 설명하게 되고 상황도 모르면서 조언하는 것처럼 느껴질 수 있어서 얘기가 너무 뻔해질까 봐 걱정이 되네요. 그래서 다른 말은 아낄게요. 이 얘기만 기억하셨으면 좋겠어요.

"당신은 당신의 상처보나 큽니다."

\# 다음 중 여러분의 제1 사랑의 언어는 무엇인가요? 자신만의 순위를 매겨보세요.

☐ 상대방을 인정하고 존중과 격려를 전하는 '인정하는 말'

☐ 상대와 온전히 관심을 주고받는 '함께하는 시간'

☐ 상대방이 좋아하고 관심 있는 물건을 전하는 '선물'

☐ 상대방이 원하는 것을 행동을 통해 전하는 '봉사'

☐ 사랑하는 사람과 부드럽고 따뜻하게 접촉하는 '스킨십'

작은 돌부리에 넘어지고
진심 어린 눈빛에 위로받는

『그러라 그래』, 양희은

『그러라 그래』라는 책에서 양희은 작가님은 나이 드는 것의 가장 큰 매력은 웬만한 일에도 흔들리지 않는다는 것이라고 말씀하셨어요.

음… 저는 지금 40대지만 작은 일에도 흔들리고 있어요. 그래서 작가님이 말씀하신 나이 드는 것의 매력을 잘 못 느끼겠더라고요. 그래도 예전보다 내려놓게 된 것들은 많아진 것 같아요.

가령 예전에는 책을 정리하더라도 분야별로, 책 크기별로

오와 열을 맞춰 세웠었는데 지금은 '책장에만 있으면 되지'라고 생각하게 됐어요. 조금 부끄럽지만 그것도 잘 안 될 때도 많고요.

또 책이 더러워지거나 구겨지는 게 싫어서 교과서를 비롯한 모든 책에 커버를 씌우고 책을 접는 것은 절대 있을 수 없는 일이었지만 지금은 밑줄도 긋고 낙서도 하고요. 접어서 어느 부분인지 표시하기도 합니다.

이제는 노트나 연습장 쓰듯이 책을 보고 있는데요. 이렇게 책을 보니 더 기억에 남고, 시간이 지나고 나서도 낙서한 글귀를 보면서 '아, 이때 이런 생각을 했구나' 싶어 새로운 재미가 있더라고요.

책 정리에 대한 건 사소한 부분이지만 시간이 지날수록 취향이나 습관이 바뀌기도 하고 같은 상황이라도 대하는 태도가 좀 더 유연해진 것 같아요.

어떻게 사는 게 옳은 것인지, 잘 사는 건 뭔지
모르기 때문에 모든 순간마다 흔들렸다

하지만 아직도 살면서 어떤 게 정답인지 잘 모르겠더라고요. 양희은 작가님도 어떻게 사는 게 옳은 것인지, 잘 사는 건 뭔지 모르기 때문에 모든 순간마다 흔들렸다고 합니다. 그럴 때마다 점수를 매겨주는 선생님이 한 분 계시면 좋겠다는 생각을 하셨대요.

제 친구도 비슷한 얘기를 했었어요. 무언가 중요한 선택을 앞두고 누군가 이 길이 더 좋다고 조언해주며 나아갈 길을 알려줬다면 또 다른 인생을 살고 있지 않을까 하는 생각이 든다고요. 결정을 내릴 때마다 이게 맞는지 고민했고, 자기 자신에 대한 확신이 들지 않아서 더 그런 생각이 들었다고 해요.

우리는 매일 무언가를 결정하면서 살고 있잖아요. 점심 메뉴부터 시작해서 약속 장소는 어디로 할지 등등 계속 더 나은 걸 선택하려고 고민하는데 인생에서 중요한 일은 말할 것도 없겠죠.

'지금 이렇게 흔들리는 것도
필요한 과정인가 보다'

솔직히 저는 이런 생각도 해본 적이 없는 것 같아요. 살아내느라 바빴거든요.

10대와 20대는 가정 형편 때문에도 그랬고, 아버지가 돌아가시면서 돈을 벌어야 했어요. 그러니까 당장 무엇이 옳은

지 생각하기보다는 먹고사느라 바빠서 주말도 없이 일에 쫓겨 지냈어요. 30대가 되어서도 뒤늦게 공부를 시작해서 일과 병행하다 보니 또 정신없이 지나간 것 같아요. 그러고 나니 40대가 됐고 이제서야 제 자신을 돌아보면서 흔들리고 있는 것 같아요. 심하게요….

40대가 되어서야 흔들리고 있는 저를 보면서 저는 제가 부족한 사람 같다는 생각을 한 적이 있어요. 남들보다 사춘기를 늦게 겪는 느낌이랄까요? 공자는 40이 되면 불혹이라 했는데 저는 유혹에도 약하고 마음도 흔들리는 40대를 보내고 있거든요.

그런 시기에 읽었던 작가님의 이야기는 위로가 되기도 하고 방향을 제시해주시는 선생님 같기도 했어요.

양희은 작가님도 젊은 시절에 많이 흔들렸지만 50대가 되면서 '그러라 그래~'라고 넘길 수 있게 되었듯이 저도 50대가 되면 '그래, 그럴 수 있어'라고 넘길 수도 있는 거잖아요.

이 책을 본 덕분에 '그동안은 제 삶에 대해서나 저에 대해 생각해볼 겨를이 없었기 때문에 지금 이렇게 흔들리는 것도 필요한 과정인가 보다' 하고 받아들일 수 있게 됐어요.

내 편이라고 느꼈던 존재는
느티나무와 힘이 되어준 어른

흔들리는 건 자연스러운 거니까 '그럴 수 있구나. 흔들릴
수 있는 거구나. 그럼 흔들리더라도 꺾이지 않고 삶을 잘 살
아가려면 어떻게 해야 할까?'를 생각해봤어요.

그러다가 에릭 에릭슨의 이야기가 떠올랐어요. 사회심리
학자면서 발달심리학자인 에릭 에릭슨은 이 세상에 딱 한 사
람이라도 진짜 자기 편이 있으면 아무리 힘든 일이 있어도 삶
을 성공적으로 잘 살아갈 수 있다고 했습니다.

그 한 사람 중 첫 번째는 부모님인데요. 부모님이 안 계시
거나 같이 못 사는 경우도 있고, 함께 살아도 정말 성향이 안
맞는 등 여러 가지 이유로 부모님이 진짜 내 편이 되지 못할
수도 있잖아요. 그러면 선생님, 좋은 스승을 만나는 것으로
대체할 수 있습니다. 만약 그런 스승이 없었다고 해도 친구나
배우자가 있어요.

부모님이든, 선생이든, 친구나 배우자든 누가 됐든 평생을
살면서 온전히 내 편이 되어줄 한 사람을 만드는 게 진짜 중
요한 것 같아요.

작가님께서 내 편이라고 느꼈던 존재는 느티나무와 힘이

되어준 어른이었어요. 어린 시절 집 앞에 있는 느티나무의 사사삭사사삭 거리는 소리는 아무도 귀 기울여주지 않는 작가님의 노래에 박수를 쳐주는 느낌이었고, '괜찮아. 잘될 거니 아무 걱정 마' 하고 위로해주는 것 같았다고 해요. 자라면서는 매일매일 희망 없이 앞길이 깜깜했던 작가님께 웨이터 아저씨들과 경호원 아저씨, 주방 식구들이 쳐주는 박수가 큰 힘이 되었고요.

가정 형편이 너무 어려워서 돈을 벌기 위해 명동에서 일할 당시 햇병아리 가수였던 작가님께 주어진 무대는 손님이 거의 없는 첫 무대와 마지막 무대뿐이었거든요. 이때 진심 어린 눈빛과 말이 우리를 일으킨다는 것을 배웠다고 하시면서 세상 어디에도 기댈 곳 없고, 내 편이 아무도 없구나 싶을 때 이런 따뜻한 기억들로 스스로를 위로해주고 다시 한 발짝 나아갈 수 있었다고 합니다.

휘황찬란한 위로보다
힘들 때 안아주는 그 따뜻함이

저는 이 구절에 참 많이 공감했어요. 20대 초반에 아버지를 잃고 장례식장에서 망연자실할 때 말없이 안아주는 친구가 가장 위로가 됐거든요. 이 친구는 평소에는 솔직하게 말하고 안 좋은 일이 있을 때는 자기 일처럼 화도 내주는 친구예요. 표현이 워낙 거침없다 보니 가끔 저를 당황스럽게도 했는데요. 그런데 그날은 평소와는 다르게 그냥 아무 말없이 안아주더라고요. 그게 오래도록 가슴에 남아서 아직도 그 순간을 떠올리면 코끝이 찡해져요. 휘황찬란한 위로보다 무명 가수에게 보내는 어른들의 박수소리가, 힘들 때 안아주는 그 따뜻함이 마음을 채우는 거죠.

그저 옆에 있어주고 손잡아주고 따뜻하게 안아주는 게
백 마디 말보다 더 마음이 가득해질 때가 있잖아요

상담 심리를 공부하면서 상담은 엄마가 따뜻하게 아이를 돌보는 것과 같은 마더링(mothering)이라는 걸 알게 됐어요. 상담을 오는 사람들은 이미 마음에 상처를 받고 온 사람들이기 때문에 마음을 안아주는 게 먼저라는 거죠. 그래서 상담을 온 내담자의 이야기를 충분히 들어주고, 사실을 확인하거나 잘잘못을 구분하기보다는 그 상황에서 어떤 감정이었을지 공감해 주는 것이 먼저라는 것이었어요.

사람마다 살아온 경험과 생각이 다르기 때문에 다른 사람의 아픔을 들으면 '이게 그 정도로 힘들 일인가'라는 생각을 할 수도 있습니다. 실제로 힘들겠다는 생각을 하더라도 만날 때마다 상대방의 힘든 이야기를 반복해서 들으면 듣는 사람도 지치기 때문에 빨리 해결책을 주고 싶어지죠.

하지만 아픔을 느끼거나 고민을 하고 있는 사람은 그 일이 자신이 감당하기 어려울 만큼 엄청 큰일이기 때문에 그냥 있는 그대로 받아주는 것이 중요합니다. '아 지금 이 사람은 이만큼 힘든 감정이구나'라는 걸 그대로 인정하는 거죠. 이렇게 충분히 자신의 감정을 지지받고 마음의 상처가 어느 정도 아물면 다시 일어서고 나아갈 수 있는 힘을 갖게 됩니다.

그저 옆에 있어주고 손잡아주고 따뜻하게 안아주는 게 백마디 말보다 더 마음이 가득해질 때가 있잖아요. 그럼 그 마음으로 다시 또 앞으로 나아갈 수 있고요. 여러분도 이 얘기를 듣고 생각하는 사람이 있으신가요?

\# 내 손을 따뜻하게 잡아준 사람은 누구였나요?

\# 내가 손잡아주고 싶은 사람은 누구인가요?

나에게 쉼을 허락하노라~
열심히 산 당신을 위한 진짜 휴식

『도망치고 싶을 때 읽는 책』,
이시하라 가즈코

2016년도에 교육 사업을 시작하면서 2년이 넘도록 주말에도 쉬지 않고 매일 일했어요. 막 시작했으니 열심히 해야 한다고 생각하기도 했고 이렇다 할 성과가 없는데 쉬면 안 될 것 같았거든요. 물론 가족이나 친구들과 만남을 갖기도 했지만 그런 날은 낮에 일을 못했으니 그만큼 더 해야 할 것 같은 생각에 새벽까지 잠 못 자고 일을 했어요. 그러다 보니 능률은 점점 떨어졌고 저질 체력이 됐죠. 체력이 떨어져도 어쩔 수 없다고 생각했던 것 같아요. 당장 할 일이 많았으니까요.

어느 날은 일을 하는데 집중이 하나도 안 되더라고요. 일을 하고는 있는데 진도도 안 나가고 뭘 하는 건지도 잘 모르겠고, 몽롱하고 멍한 느낌이 들었죠. 그런 상태가 반복되면서 그냥 일이 너무 하기 싫어졌어요.

안 되겠다 싶어서 일요일만이라도 쉬기로 했어요. 그런데 몸은 아무것도 안 하고 쉬고 있어도 머릿속은 계속 복잡하고 할 일이 생각나는 거예요. '할 일이 쌓였는데 내가 이렇게 쉬어도 괜찮은 건가?' 이런 생각이 자꾸만 들어서 쉬는 게 쉬는 게 아니게 됐죠.

'오늘 나는 이런 마음이구나'라는 것을 인정하는 것부터

그럴 때 심리 카운슬러 이시하라 가즈코 님의 책 『도망치고 싶을 때 읽는 책』을 보게 됐습니다. 제목이 너무 끌렸거든요. 누구에게나 도망칠 하루가 필요하다는 표지에 적힌 문구가 너무 마음에 들었고, 도망치고 싶은 생각이 떠오른다면 '오늘 나는 이런 마음이구나'라는 것을 인정하는 것부터 시작하라는 작가님의 얘기가 너무너무너무 위안이 됐어요.

가장 마음에 남는 구절은 좋은 휴식에 대한 것이었는데요.

좋은 휴식은 그냥 쉬기만 하는 게 아니라 쉬고 싶은 나를 마음으로부터 허락하는 것이라는 내용이었어요. 작가님 말에 따르면 그동안 저는 한 번도 제대로 쉬지 못했던 거예요. 책을 보고 나서야 '나는 사실 진짜 쉬고 싶었고, 잘 쉬어야 힘을 내서 다시 일을 잘할 수 있다'는 생각을 하게 됐습니다.

그렇게 일주일에 하루를 쉬는 날로 정했지만 사실 그 이후로도 잘 쉬지는 못했어요. 남들은 항상 발전적으로 열심히 사는 것 같은데 '나만 멈추면 안 되지 않나…' 하는 마음을 떨쳐 버리기 어려웠거든요. 멈추면 안 될 것 같은 마음 이면에는 결국 잘하고 싶은 마음이 있었기 때문인 것 같아요.

하지만 잘한다는 기준은 너무 애매하잖아요. 모두에게 인정받을 수도 없고요.

남들에게 "저 사람 멋있다", "일도 잘하고 진짜 대단하다"는 말을 들으면 당연히 기분이 좋죠. 하지만 다른 사람이 인정해주지 않는다고 내 노력이 없어지는 것도 아니고 어떨 때는 노력을 아무리 많이 해도 원하는 결과가 나오지 않을 때도 있잖아요. 이런 사실을 잘 알면서도 인정받는 말을 듣는 걸 놓을 수가 없었던 거예요.

'알고 있지만
알고 있지 않은 상태'

시간이 지나고 나이가 들면 괜찮을 줄 알았는데 오히려 더 불안해지더라고요. 주변 사람들의 기대치는 날이 갈수록 더 높아지고 스스로도 지금까지보다 더 잘해야 한다고 생각하니까요.

경력이 쌓일수록 더 부담이 되기도 하잖아요. 저에게는 기업 입찰 PT에서 발표를 하는 것이 그런 일이었어요.

기업에서 큰 수주를 앞두고 전문 발표자를 불러 입찰 PT를 진행하는 경우가 있는데요. 기업 입장에서는 정말 사활을 걸고 준비한 자리이기 때문에 제가 성과를 내야 한다는 부담과 압박이 있었거든요. 물론 발표 점수와 입찰 금액, 기업 평가 점수 등 모든 것이 합산되어 반영되기 때문에 아무리 발표를 잘한다고 해도 입찰 결과가 발표 점수만으로 좌우되는 건 아니에요. 하지만 그런 걸 알면서도 발표자 입장에서는 긴장이 많이 되더라고요.

초반에는 '아직 경력이 많지 않아 떨릴 수 있지'라고 생각했지만 20년 가까이해오며 경력이 쌓일수록 더 힘들고 더 떨리고 더 큰 책임감을 느꼈어요. 그리고 저에게 성과를 바라는 주변 분들의 기대도 무거웠고요. 연차가 늘어날수록 더 많이 힘이 들더니 심지어 발표 직전에 숨이 안 쉬어지는 경우도 있었어요. 최종적으로 입찰에 성공해도 발표 점수가 1등이었다는 얘기를 듣지 못하면 그 얘기를 듣기 전까지 계속 생각나고 발표가 끝난 후에도 계속 불안했어요.

많은 사람들이 이럴 땐 "힘을 빼자. 힘을 빼야 한다"라고 합니다. 그래서 저도 힘을 빼자고 계속 되뇌었어요. 그런데 말과 다르게 더더더더 책임감이 생기는 거예요.

그래서 저도 발표를 잘하기 위한 연습을 계속했어요. 잘하게 되면 그런 긴장감이나 부담감도 사라질 거라고 생각했거든요. 하지만 지금 이 상태라면 저는 30년이 지나도 50년이 지나도 압박감을 느낄 거라는 걸 잘 알고 있습니다.

잘하고 싶은 마음이 너무 큰 나머지 불안을 느끼는 제 모습을 알고는 있지만 이런 저의 약점을 인정하고 이해하고 싶지는 않거든요. 사실은 그런 부분을 받아들이고 바꿔보려는 노력을 해야만 진짜로 나아질 수 있는 건데 저는 제 부족한 모습으로부터 도망가고 싶어요.

가끔 '한 50년쯤 경력이 쌓이면 즐길 수 있을까?' 하는 의문도 들어요. 그때는 직접 발표자로 참여하는 일이 없을 것 같지만요.

저와 비슷한 상황이 되면 대부분 그 일을 더 잘하기 위한 노력을 합니다. 하지만 그전에 자신의 불안한 마음을 제대로 보지 않으면 아무리 노력해도 나아지지 않습니다. 평소에는 큰 문제가 되지 않아서 나아졌다고 생각할 수 있지만 해소되지 않은 불안은 진짜 중요한 순간에 나를 방해합니다. 과거가 현재 나의 발목을 잡는 거죠.

이런 마음을 심리학에서는 '알고 있지만 알고 있지 않은 상태'라고 표현해요.

여러분도 이렇게 압박을 느끼고 불안한 순간이 있었나요?

직장에서 큰 프로젝트를 맡거나 가족 안에서도 이렇게 책임감을 느끼는 일들이 있잖아요. 그게 압박으로 다가오기도 하고요. 특히 우리나라는 성장을 독려하는 문화이기도 하고 경쟁을 할 수밖에 없는 사회라 더 심한 것 같아요.

디른 사람의 인정을
받고 싶은 마음

매슬로우를 비롯한 많은 심리학자들은 우리의 기본적인 욕구 중 하나를 인정이라고 하는데요. 잘하고 싶은 마음의 이면에는 다른 사람의 인정을 받고 싶은 마음이 있기 때문이라는 거죠. 그래서 나와 다른 사람을 비교하기도 하고 사람들의 관심을 받고 싶어 하죠. 정도의 차이는 있지만 SNS를 보면서 남들은 얼마짜리 가방을 들고 다니는지, 어떤 차를 끄는지, 어디로 여행을 갔는지 신경을 쓰고 부러워하기도 하고 배 아파하기도 하고요. 나만 초라해 보이는 감정에 사로잡혀 우울해지기도 합니다.

그러니까 제대로 쉴 수가 없는 거죠. 쉴 때는 나를 괴롭히거나 신경 쓰이는 모든 것들을 단절해야 하는데 SNS 때문에 여러 사람의 소식을 계속 보게 되니 마음을 놓을 수가 없어졌어요. 해외에 나가 있는 친구의 일상까지 보면서 비교하고 남들에게 인정받으려 하다 보니 스스로 쉼을 허락하지 않을 수밖에 없게 된 거죠.

'지금도 충분히 잘하고 있어요.
있는 그대로도 괜찮아요'

제가 어릴 적에도 엄마들끼리 모이면 자녀가 어느 대학을 갔는지, 어디에 취직했는지 등을 동네 사람들과 비교하기는 했어요. 하지만 1년 365일 24시간 내내 비교하며 속 끓이지는 않았잖아요. 그런데 지금은 시간과 공간의 제약이 사라졌기 때문에 더 끊을 수가 없는 거죠.

쇼펜하우어는 타인의 시선을 신경 쓰는 마음을 불행의 씨앗이라고 했는데 도망치고 싶어 하는 자신을 인정하면 다른 사람이 나를 무능하게 보는 것 같아서 자기 스스로를 달달 볶잖아요. 고무줄을 너무 팽팽하게 잡아당기면 어느 순간 팍 하고 끊어져 버리듯이, 열심히 채찍질만 하다가 나가떨어지는 번아웃 증후군이 그래서 많은 것이기도 하고요.

저는 나이가 들어서 제 삶을 보면서 '스스로를 계속 달달 볶으면서 살았구나'라고 생각하거나 '내가 인생을 헛되이 살았어' 하고 싶지는 않아요.

'열심히 해야지 인정받을 수 있다'가 아니라 이제는 '지금도 충분히 잘하고 있다. 있는 그대로도 괜찮다'는 것이 먼저였으면 좋겠어요.

\# 최근 핸드폰, 태블릿, 컴퓨터 등이 없이 시간을 보낸 적이 있으셨나요?

\# 몇 시간 정도였고 기분은 어떠셨나요?

\# 휴일에 하루 동안 SNS를 사용하지 않으면 어떤 일이 일어날까요? 한번 도전해보세요. 먼저 도전을 시작하기 전에 심경을 글로 쓰고 핸드폰 없는 휴일이 끝난 후 글을 쓴 후 비교해보세요.

포기할까? 포기하자,
I can do it!

『하마터면 열심히 살 뻔했다』, 하완

제목부터 재미있는 책『하마터면 열심히 살 뻔했다』를 소개하겠습니다. 이 책을 쓰신 일러스트레이터 하완 작가님은 이 책을 "야매 득도 에세이"라고 표현하셨어요. 이 문구를 보고 '뭘 득도하셨다는 거지?' 궁금했는데 바로 "포기, I can do it!"을 보고 '아~' 하면서 웃음이 났어요.

　표지도 너무너무 재밌는데요. "속세의 옷을 빗으니 시원하구나"라는 멘트와 함께 팬티만 입고 누워 있는 남자 등 위에 고양이가 올라와 있는 그림이에요. 이 그림을 보고 저는 고양이가 시원하게 등을 긁어주는 것 같았는데 또 다른 친구는 고양이가 사람을 침대로 보고 그 위에서 기지개라도 켜는 것 같다고 해서 다른 사람에게도 어떻게 보이는지 물었던 즐거운 기억이 나네요.

인기가 많아서 증쇄를 하는데 그때마다 표지가 조금씩 바뀌는 것도 재미있어서 표지를 따로 열심히 찾아봤던 책이었어요.

작가님은 그림을 그리면서 회사를 다니다가 '열심히 사는데 왜 내 삶이 이 모양인가'라는 억울한 마음에 사표를 내고 게으르게 살게 되었다고 하는데요. 작가님이 제 연배라서 그런지 굉장한 대리만족을 느꼈어요. 부럽기도 했고요. 제가 언젠가 꿈꾸는 자유롭고 여유로운 시간을 이미 즐기고 계신 느낌이었거든요.

어느 순간 '왜 이렇게까지 열심히
살고 있지' 하는 생각이 들었어요

솔직히 그동안 저는 열심히 사는 제가 좋았어요. 뿌듯하기도 했고, 어른들에게 "얘는 참 열심히 살아. 요즘 애들 같지 않게 참 성실해" 이런 이야기를 들을 때면 괜히 기분이 좋기도 했고요.

연말에 함께 심리학 공부를 했던 40대 후반의 선배님과의 만남에서 1년을 열심히 살았는데 항상 이맘때가 되면 기분이 좋지 않다는 얘기를 들었어요. 본인의 성적표를 보는 느낌도 들고 올해는 어땠는지 잘했는지 남들과 경주를 하는 느낌이 든다는 거였죠.

그 얘기를 듣고 저도 지난 1년을 어떻게 살았는지 열심히 살았던 건지 생각해봤어요. 어떤 때는 열심히 살았고, 어떤 때는 열심히 하지 않았다는 생각이 들으면서 '더 열심히 할 수 있었는데'라는 후회가 밀려오더라고요.

그런데 어느 순간 '왜 이렇게까지 열심히 살고 있지' 하는 생각이 들었어요. 노력이 날 배신하는 순간도 있잖아요. 열심히 한 결과물이 한순간 무너지는 걸 보면 허무하기도 하고요. 내가 좋아했던 것들도 더 이상 관심이 가지 않아서 스스로가 건조해지는, 메말라가는 느낌이 들었죠.

그래서 열심히는 이제 좀 그만하고, 하완 작가님처럼 '재미있는 거 해볼까? 다른 걸 해보면 이떨까?' 하는 생각을 했어요.

시도는 좋았는데 우습게도 어느 순간 새로운 걸 찾는 일을 너무 열심히 하고 있더라고요.

"지금만 같았으면
좋겠어"

이렇게 계속 목표에 집중해 살다 보면 일과 삶의 밸런스가 깨질 수밖에 없잖아요.

열심히 살다 보니까 나이가 들었고 성인이 됐는데 문득 '나는 어른이라는 명칭에 맞는 삶을 잘 살고 있나? 이게 내가 원하는 어른의 모습이었나?'하며 다시 한번 생각해보게 됐어요.

10대, 20대도 그랬지만 나이가 들어도 산다는 건 여전히 어려워요.

'이 나이로 또 이 모습으로 사는 게 처음이니까 당연하지'라고 생각하면서 스스로를 달래보기도 하고요. 지금까지와는 다른 방법을 선택해보기도 하지만 여전히 어렵기만 합니다.

친구와 미래에 대한 이야기를 하다가 "너는 미래에 어떤 모습이었으면 좋겠어? 어떤 모습으로 살고 싶어?"라는 질문에 "지금만 같았으면 좋겠어"라고 답한 친구를 보고 진짜 멋지다는 생각을 했어요. 아직 오지 않는 미래를 준비하기 위해서 현재의 행복을 놓치고 있는 저와 다르게 지금처럼만 행복하고 지금처럼만 여유롭길 바란다는 이 친구가 되게 좋아 보였죠.

현재에 집중하고 지금 행복을 느끼면서 사는 친구의 삶이 충만하다는 느낌도 들었고요. 또 하루하루 만족하며 행복하게 살면 이런 현재들이 쌓여서 행복한 추억이 되고, 현재도 과거도 행복하니 그걸로 충분하겠다는 생각이 들었어요. 그리고 저에게도 이게 답이구나 싶었어요.

다들 현재를 행복하게 사는 게 중요하다고 하는데 현재가 행복하다는 분들을 만나긴 어려운 것 같아요.

하지만 목표에 집중하면서 달리다 보면 목표와 성취에 밀려 다른 것들은 차순위가 되더라고요. 당장 해야 할 것들도 많고 살기도 바쁘니까요. 가족을 위해 열심히 일하지만 어느새 가족과 멀어져 있는 자신을 보게 된 중년의 가장이 이런 느낌일까 했어요.

이런 삶이 불행한 건 아니죠. 하지만 불행하지 않은 게 행복한 삶이라는 의미는 아니잖아요. 이 허무한 마음을 어떻게 해야 하나 싶어 갈 곳 잃은 마음에 나 홀로 남들은 모를 방황을 하기도 하죠. 자신이 원하는 걸 명확하게 안다고 하더라도 목표를 달성하고 나면 또 다른 목표가 생기기 전까지는 계속 흔들리게 되잖아요.

"인생은 속도가
아니라 방향이다"

하완 작가님은 "인생은 속도가 아니라 방향이다"라는 괴테의 말에 자신의 인생의 방향을 다시 한번 점검하기 위해 멈춤을 선택했다고 하셨는데요. 과감하게 멈춤을 선택한 작가님이 부럽다고 생각하지만 저는 선뜻 용기를 내기는 어려운 것 같아요.

작가님처럼 모든 것을 다 멈추기는 어렵지만 현재를 즐기면서 살고는 싶은 마음에 작은 것에서도 행복을 느낄 수 있는 방법을 고민해봤어요.

나만의 소확행(소소하지만 확실한 행복)을 고민해보다가 제가 좋아하는 것이 무엇인지 떠올리면서 그걸 말로 꺼내기 시작했어요. 언제부터인지 가까운 사람들에게도 좋아하는 걸 잘 말하지 않게 됐거든요. 그런데 사소한 것도 '나는 이게 좋아. 이거 재밌어'라고 표현하니 팍팍한 삶에 재미가 하나씩 채워지더라고요.

이렇게 좋아하는 걸 얘기하다 보니 좋은 점이 생각보다 더 많았어요. 제 자신이 어떻게 달라졌는지 알게 됐고요. 예전에 좋아했던 것들 중에 더더더 좋아진 것도 있고, 취향이 바뀐 것도 있고, 별로 좋아하지 않았는데 좋아 보이기도 하고요. 좋아하는 걸 말하기 시작하면서 내가 원하는 게 뭔지 알아가는 게 더 명확해지더라고요. 말로 표현하면서 더 확신이 들기도 하잖아요.

여러분은 어떤 것들에
소소한 행복을 느끼시나요?

여러분은 어떤 것들에 소소한 행복을 느끼시나요? 어떤 순간에 마음이 가득 채워지세요? 만약 잘 모르겠다거나 시간이 필요하다면 지금부터 저와 하나씩 만들어보면 어떨까요?

"나는 다른 사람에게 자리를 내어주는 고무고무 루피가 좋아."

"한낮에 백주는 사랑이지!"

"할머니가 왜 식물을 키웠는지 알겠다니까~"

"BOOK-애증의 관계, 그래도 책을 선물해주는 사람은 좋은 사람."

"여행은 숙소가 다였어."

이런 식으로 하나씩 이야기하고 적어나가면서요.

\# 이유가 없어도 괜찮습니다. 그냥 '좋다'고 느끼는 사물, 행동,
상황을 적어보세요.

\# 여러분이 좋아하는 것을 생각나는 대로 10가지만 써보세요.

1.

2.

3.

4.

5.

6.

7.

8.

9.

10.

다 쓰셨다면 지금부터 여기에 쓴 좋아하는 것을 일주일 동안
자주 말해보세요.

이상하게도
아무도 없다고 생각하는 순간에

『작은 별이지만 빛나고 있어』, 소윤

『작은 별이지만 빛나고 있어』라는 책은 워낙 인기가 많아서 많은 분들이 보셨을 거예요. 저도 이 책 하나로 작가님께 푹 빠졌어요. 어떤 분인지 참 궁금해지더라고요.

소윤 작가님은 자신을 소개할 때 "다정다감하지만 표현이 서툴고, 연약하지만 강해 보이려 애쓰고, 가끔 서글퍼진 마음을 달래려 음악을 듣고 흩어진 마음을 추스르려 글을 쓰는 사람"이라고 표현하였어요. 책을 읽으면서 서투르지만 다정다감하게 말하는 작가님의 이야기를 작가님의 목소리를 통해서 직접 듣고 싶다는 생각이 들었는데요.

'울고 싶은 날, 위로받고 싶은 날
이상하게도 아무도 없다'

좋은 부분이 참 많았지만 "울고 싶은 날, 위로받고 싶은 날 이상하게도 아무도 없다"라는 구절을 읽으면서 공감이 많이 됐어요. '아! 다른 사람도 이런 기분이 드는 날이 있구나'라는 생각이 들었거든요.

이런 기분이 드는 날에 여러분은 어떻게 하세요? 그냥 지나치시나요? 바쁘니까 그런 기분이 들어도 무시하고 넘어가시나요? 저는 좋아하는 사람들에게 연락을 해요. 그런데 이상하게 꼭 이런 날은 연락이 닿지 않더라고요. 그래도 대신할 누군가를 계속 찾았던 것 같아요.

그러다 곧 후회를 하죠. 누군가를 찾을수록 괜히 더 외로워지고 마음이 텅 빈 것 같은 그런 마음이 금세 찾아오니까요. 이 마음이 내가 원하는 사람을 만나지 못해서 드는 마음인지, 사람들에게 연락을 할수록 내 모습이 짠해 보이기도 하고 풍요 속의 빈곤이 이런 건가 싶기도 하고, 그동안 열심히 살았다고 생각했는데 헛 산 건 아닌가 하는 생각인지, 허전함

인지.

그냥 뭔지 모를 마음?! 왠지 모를 마음인 것 같아요.

그렇게 괜히 더 외로워지면 저는 책을 꺼내 들거나 음악을 들으면서 청소를 해요. 웹툰을 보기도 하고요. 이 마음을 조금이라도 잊을 만한 행동을 하려고 굉장히 애를 썼어요.

근데 참 이상하죠? 애를 쓸수록 이상하게 마음이 슬퍼지잖아요.

그런 슬픔을 지날 때쯤… 뒤늦게 제가 한 연락을 본 소중한 사람들에게 연락이 오면 그걸로 또 하루를 살아갑니다.

혹시 작가님도 이런 마음이셨을까요?

여러분은 어떤 마음이세요?

삶이 참… 내 맘 같지 않고 울고 싶은 날 정작 아무도 없는 것 같아서 울적할 때 "우리가 사는 삶은 모두 내 맘 같지 않지만 손 내어 일으켜주고 어깨 내어주며 산다면 서로의 다독임만으로 서로의 포옹만으로도 충분하니까"라는 이야기를 봤는데요.

내 맘 같지 않은 삶에서 나에게 손 내밀어주고, 나를 일으켜주고, 어깨를 내어주는 그런 사람이 단 한 사람이라도 있다면 "나는 참 잘 살았다"고 말할 수 있지 않을까… 저는 이런 생각을 해봤습니다.

그래서 여러분께 이렇게 손 내밀어 주고 이렇게 다독여주는 느낌이 드는 시간을 드리고 싶었습니다.

다독다독다독…

토닥토닥 토닥토닥…

그만하면 잘하고 있어요.

'잘 산다는 게
뭘까'

'잘 산다는 게 뭘까'라는 생각을 하다가 어느 순간 평범하게 사는 게 가장 힘들고 특별하다는 생각을 하게 됐어요. 이렇게 생각하게 된 계기가 있는데요.

초등학생 때의 저는 문학 전집, 추리소설 시리즈, 위인 전기 읽기와 성경 공부를 좋아했어요. 이야기를 보고 듣는 걸 좋아해서 성경이나 그리스신화, 이솝우화 속 이야기가 참 재미있었거든요. 그리고 그 전집을 다 읽었을 때 '이 많은 걸 내가 다 읽었다!'는 뿌듯함도 있었고요.

잘 알려진 인물은 아니지만 성경 공부를 하다가 죽지 않고 하늘로 올라간 에녹이라는 인물을 알게 되었는데요. 에녹은 큰 업적을 세우거나 역경을 딛고 일어난 엄청난 스토리가 있는 사람이 아닌 지극히 평범한 인물이었어요. 자신의 부인 한 사람만을 아끼고 사랑했고, 가족에게 헌신하는 가장이었죠. 교회와 어려운 사람들에게 봉사하고 기도도 열심히 했던 착한 시민의 표본이었습니다.

이런 에녹이 성경에서 가장 위대한 선지자 중 하나로 알려진 엘리야와 동급으로 인정받은 걸 보면서 평범하고 착하게 사는 건 정말 대단한 일이라는 걸 알게 됐죠. 그 이후로 평범한 게 특별한 거라고 생각하게 되었어요.

제 주변에 특히 나이가 어린 분들은 특이하고 4차원이라는 말을 들으면 개성을 인정받았다고 생각하고 자신이 특별하다고 느껴서 좋아하는데요. 많은 사람을 만나고 나이를 먹어가면서 평범하다는 게 얼마나 특별한 것인지 느끼게 돼요.

이 책에서 "번듯한 직장과 행복한 가정을 바라기보다 스스로 부족하지 않은 모습으로도 충분하다고 생각했는데 그것이 이렇게 어려운 줄 몰랐던 거다"는 작가님의 이야기를 보면서 이렇게 생각하는 사람이 또 있었구나 싶었어요.

그러고 보면 평범이라는 것이 뭘까요? 누가 만들어낸 기준인 걸까요?

나에게 평범한 것들이 다른 사람에게는 평범하지 않을 수 있고, 다른 사람에게 평범하고 보편적인 것이 나에게는 특별한 것일 수도 있잖아요. 그런데 사람들은 자신의 삶과 가치를 기준으로 삼기 때문에 자기와 다른 가치를 가진 사람들을 보면 불편함을 느끼는 것 같아요. 그 불편한 감정이 편견이나 안 좋은 감정으로 남기도 하죠.

존재만으로 이미
충분한 나에게

그래서 상담심리학 수업에서도 '상담사는 그 사람 그대로를 바라봐줘야 한다'며 보편적인 기준에 대해 생각해보는 시간을 갖는데요. 상담을 하는 사람은 그저 고요한 호수나 거울처럼 왜곡 없이 그대로 그 사람을 비춰줄 수 있어야 한다는 거죠.

상처의 크기를 비교하는 것이 아니라 그 사람의 입장에서 느낀 그대로의 감정을 비춰주는 것이 중요하다는 겁니다. 누군가는 가시에 찔린 상처로 죽을 수도 있고, 누군가는 팔이 없는 채로 살아갈 수도 있듯이 사람마다 각자 느끼는 상처의 깊이는 다르다는 거예요. 나에게는 다른 사람의 부러진 다리보다 내 손가락의 상처가 더 아플 수도 있는 거잖아요.

상처의 크기와 깊이를 비교할 수 없는 것처럼 다른 사람의 삶의 방식도 그 삶의 무게도 좋다거나 나쁘다고 말하기 어렵죠. 지금의 나보다 안돼 보인다고 해서 그 사람이 노력하지 않았다고 말할 수는 없고 타인의 삶의 무게를 평가하거나 낮춰 보는 건 위험한 일이니까요.

그저 열심히 버티며 살아가고 있는 것만으로도 우리 모두 충분히 훌륭합니다.

"버티고 있는 것도 박수받을 만한 일이야. 지금 나는 반짝반짝 빛나고 있어. 잠시 쉬어 가도 괜찮아."

스스로에게 이렇게 소리 내서 말해보면 어떨까요? 혹시 너무 간지럽고, 어렵다고 느껴지신다면 글로 써보세요.

"존재만으로 이미 충분한 나에게
실수투성이에 마음은 너덜너덜 넝마가 된 기분이라도
오늘을 살아낸 나는 충분히 박수받아 마땅해.
오늘도 수고했어."

\# 지금 가장 듣고 싶은 말은 무엇인지 적어보세요. 소리 내어
   10번 반복해서 읽어보세요.

\# 지금 내 마음은 어떤가요?

상처 입은 마음을 치유하는 방법

『나라는 식물을 키워보기로 했다』,
김은주

김은주 작가님의 1cm 시리즈는 한국 최초로 프랑스뿐만 아니라 몽골, 유럽, 아시아 등 12개국 100만 명의 독자들에게 사랑받고 있습니다. 작가님의 책은 내용도 너무 좋고, 그림을 보는 재미도 쏠쏠합니다.

이번에 소개해 드리는 『나라는 식물을 키워보기로 했다』가 기존의 책이랑 조금 다른 부분은, 일러스트와 스토리에 '셀프 가드닝 프로젝트'라는 독자가 직접 쓸 수 있는 노트가 함께 구성된 점입니다.

마상을 치유하려면
그저 내 마음에서 그 사람을 밀어내면 된다

전체적으로 '나'를 식물로 보고 씨를 뿌리고, 물을 주고, 시든 잎을 잘라내는 등 '나'를 셀프 가드닝 하는 내용인데요. 저는 그중에서 '마상(마음의 상처) 치유법'을 소개해드리고 싶어요.

김은주 작가님은 마상을 받는다는 건 다른 사람이 불편하게 내 마음 안에 자리 잡았기 때문이라고 말합니다. 그래서 마상을 치유하려면 그저 내 마음에서 그 사람을 밀어내면 된다는 거죠.

여러분은 이 이야기가 어떻게 느껴지세요?

저는 처음에는 단순하게 '그래, 그러면 되지' 하면서 밀어낸다는 말에 공감했어요. 그런데 '그럼 어떻게 밀어내지?'를 생각하다 보니 어려운 문제더라고요. '잘 밀어내는 건 뭐지?'라는 이런저런 생각도 들고 간단하게 '밀어내지, 뭐' 이게 안되더라고요.

연세가 지긋하게 드신 선생님과 수업을 하다가 개인적인 이야기를 듣게 됐는데요. 산전수전 다 겪고 오히려 나이가 드니까 사람들을 믿기가 더 어려워졌다는 얘기를 하셨어요. 어쩌면 선생님은 너무 많은 상처를 받아서 상처 준 사람들을 마음에서 밀어내는 것이 이제 익숙해진 걸까 이런 생각이 들었죠.

물론 그렇기 때문에 사람 보는 눈도 생기고 가족이 얼마나 소중한지, 더 귀한 게 무엇인지도 알게 되셨다고 해요. 하지만 저는 사람 보는 눈이 생기고 소중한 게 뭔지 알게 됐다는 이야기보다 이제 사람을 못 믿겠다는 이야기에 더 마음이 쓰리더라고요. 꼭 제 얘기 같았거든요.

예전에 저는 사람을 너무 좋아했어요. 덮어놓고 사람을 믿고 좋아하는 사람이 하는 말은 다 맞는 말이라고 생각했어요. 그저 의심 없이 순수하게 좋아한 거죠. 그러니 이용을 많이 당하기도 하고 그만큼 상처도 많이 받았어요.

그래서 마음에서 그 사람을 밀어내려고 참 노력했었는데… 밀어내는 게 어디 말처럼 쉬운가요.

이런 경험들이 반복되다 보니 어느 순간 처음부터 사람을 마음에 들이는 것 자체가 어려워졌어요. 마음의 벽이 생긴다고 하잖아요. 시간이 지날수록 여러 경험을 하다 보니 자꾸 사람들을 볼 때 의심을 하게 되는 거죠.

이제는 재거나 의심 없이 사람을 믿었던 예전의 제가 없어진 것 같아요. 그럴 때면 좀 쓸쓸합니다.

이런 씁쓸한 마음이 들 때는 순수하게 사람을 좋아했을 때 만나서 지금까지 인연을 이어오고 있는 오래된 지인들이 얼마나 소중한지 생각하게 되는데요. 그래서 좋아하는 지인들에게 자주 연락해 고마움을 가득 담아 제 마음을 전하려고 노력하죠.

"더 많은 게 보이니까
더 많이 상처받죠"

마음의 상처와 치유에 대한 이야기를 하다 보니 존경하는 교수님께서 해주신 이야기가 떠올라요.

심리학 개론 수업에서 "교수님은 이렇게 사람의 심리를 잘 알고 계시고, 사람들의 심리도 잘 보이니까 상처를 안 받으시죠?"라는 한 학생의 질문에 "더 많은 게 보이니까 더 많이 상처받죠"라고 답변하셨다는 이야기였어요.

유홍준 교수님도 아는 만큼 보인다고 하셨잖아요. 심리도 그런 것 같아요. "그래도 심리학을 알고 공부를 계속하고 있으니 좀 더 내 마음을 잘 돌볼 수 있다"고 하신 교수님의 말씀에 심리를 공부하는 것에 대해 다시 생각해 보게 됐어요.

많은 분들이 상대방의 진심을 알면 상처를 받지 않을 거라고 생각하시는 것 같아요. 진심이 모두 선한 것도 아니고, 상대방의 의도가 너무 뻔히 보여서 더 상처받을 때도 있는데 말이죠. 의도를 아니까 마음을 너무 주지 않으려고 노력할 수는 있지만 노력한다고 마음이 가지 않는 것도 아니고 마음이 안 갔다고 해도 상처를 받지 않는 건 아니잖아요.

방송 생활을 하면서 만나게 된 사람 중에 의도적으로 친한 척 다가와서 자기에게 필요한 것만 취하는 사람이 있었어요. 2년 정도 알고 지내면서 함께 공부도 하고 모임도 했었는데 초반에는 친한 척하면서 필요한 것들을 부탁했고 제가 부탁을 들어주면 당연하게 받았어요. 그러다가 어느 순간부터는 여러 사람과 있을 땐 친한 척하다가 둘이 있을 때는 찬바람이 쌩하더라고요.

후에 같은 모임에 있는 다른 지인에게 그 친구가 험담을 하며 이간질을 했다는 말을 들었지만 그냥 '역시 그랬구나' 싶었어요. 사실 의도가 뻔히 보이는 사람이어서 '그래, 이 사람은 원래 이렇게 다른 사람을 이용하는 사람인가 보다. 적당히 거리를 둬야겠다'고 생각을 했거든요.

그런데 그 사람이 그런 줄 알면서도 속아주고 있는 제 모습이 너무 속상했어요. 더 마음을 주지 않으려고 노력하는 제 자신을 보는 것도 너무 한심하게 느껴졌고요. 그 사람의 이기적인 행동이 반복되는 것을 보면서 저도 모르게 상처를 많이 받았더라고요.

이렇게 바보 같은 짓을 반복하다가 관계를 정리하면서 '내 마음은 정말 내 마음인데도 내 마음대로 할 수가 없구나' 싶었어요.

시간이 약이라는 말이 있긴 하지만 모든 상처가 다 시간이 지난다고 해서 치유되는 것은 아니라고 생각해요. 그저 덮어 놓고, 묻어두고 있는 거죠.

상처를 치유할 수 있는
자기만의 방법

최근에 드라마 〈우리들의 블루스〉를 참 재미있게 봤는데요. 그중에서 김혜자 님과 이병헌 님의 에피소드 마지막 내레이션이 참 많이 기억에 남습니다.

엄마가 돌아가시고 나서 자신이 정말 하고 싶었던 건 이렇게 엄마를 안고 엉엉 우는 것이었는지도 모른다고 말하는 내용이었어요. 엄마에게 받은 마음의 상처가 시간이 지나도 치유되지 않고, 덮어놓는다고 괜찮아진 게 아니었던 거죠. 오히려 쌓아둘수록 화가 나서 사이가 더 안 좋아졌고요.

하지만 마지막에 돌아가신 엄마를 안고 엉엉 울면서 그제야 엄마의 삶을 이해하고 자신과 엄마를 용서할 수 있게 됐습니다. 계속 엄마에게 화를 내던 아들은 지금까지 화를 내면서 감정을 회피했던 거죠. 엄마가 돌아가시고 나서야 자신의 감정을 온전히 느끼고 자신과 엄마의 힘들고 어려운 상황과 잘못된 선택들, 그 속에서 쌓인 오해를 엉엉 울면서 흘려보냈고 그제야 후련해질 수 있었습니다.

슬퍼하고 또 슬퍼하고 충분히 슬픔의 감정을 느끼며 엄마를 잃어버린 상실감과 고통을 견딜 수 있었던 거예요. 그러지 않았다면 여전히 계속 상처에 갇혀 있었겠죠.

심리학자 프로이트가 강조한 '애도'가 이런 거구나 싶었어요. 저는 상처를 딛고 나아가기 위한 자기만의 밀어내기 방법이 있다고 생각해요.

많은 사람들이 상처를 회피하거나 그냥 참고 덮어두잖아요. 상처를 치유할 수 있는 자기만의 방법을 찾을 생각도 안 하고 그냥 좀 더 쉬운 다른 방법으로 상처를 대하기도 합니다.

하지만 자신의 감정을 들여다보면서 상처를 직면하고 슬픔, 화남, 분노 같은 감정을 충분히 느끼고 표현해야 상처를 치유할 수 있습니다.

혹시 여러분의 마음에도 불편하게 마음을 차지하고 있는 누군가가 있으신가요?

누군가 불편하게 내 마음을 차지하고 있는 이유는 그 사람에게 듣고 싶은 말이 있거나, 하고 싶은 말이 있거나, 오해를 풀고 싶거나 아쉬움이 남아 있기 때문이라고 하는데요.

여러분의 이유는 무엇인가요?

\# 이 이야기를 보고 생각나는 사람에게 느꼈던 감정을 써보세요.

\# 이 감정을 해소하기 위해서 어떤 것을 하면 좋을까요? 그 생각을 글로 쓰거나 소리 내 말해보세요.

'좋아요'가
10만이 넘는 시

「걱정하지 마라」, 글배우

저는 많은 사람들이 유난히 좋아하는 사람이나 글을 보면 무엇 때문에 그렇게 사랑받는지 궁금해지는데요. 어느 날 SNS에서 "'좋아요'가 10만이 넘는 시"가 있다는 이야기를 들었어요.

도대체 어떤 시길래 사람들이 '좋아요'를 그렇게 많이 눌렀을까 궁금했고 어떤 부분이 위로가 되는지, 이렇게 많이 사랑받는 이유가 뭔지 알고 싶었어요.

그래서 읽게 된 책이 바로 글배우 작가님의 『걱정하지 마라』는 책입니다.

"아무렇지 않게 건넨 말이
아주 많은 힘을 건넵니다"

글배우 작가님의 시는 대부분 일상 속 이야기에서 시작합니다.

"밥 먹었어? 전화할게."

이렇게 일상에서 주고받을 만한 말을 보여주면서 "아무렇지 않게 건넨 말이 아주 많은 힘을 건넵니다"라는 글로 마무리되는데요. '맞아, 그랬어… 그런 때가 있었어…' 하고 자연스럽게 공감하고 있는 저를 보면서 우리의 일상도 시가 될 수 있구나 싶었어요.

이전에는 현실이나 일상은 예쁘기만 한 게 아니니까 일상이 시가 된다는 걸 생각하지 못했던 것 같아요.

몇 년 전 우울증이 있는 20대 학생을 교육한 적이 있었는데 어떻게 하면 이 친구를 잘 도와줄 수 있을지 정말 많이 고민했어요. 심리학을 공부할 때 우울에 대한 이야기를 많이 들어서 '그래도 심리학을 공부했는데 잘 도와줘야 되는 게 아닐까' 하는 생각도 들었고요.

"살아가는 데 필요한 기본적인 마음의 공장을 돌릴 힘이 없는 것이 우울증"이라는 이야기가 제가 우울증을 공부하는 동안 가장 기억에 남은 말이었는데요.

우리가 일상을 살아가려면 사람도 만나고, 뭔가를 해야 하잖아요. 숨 쉬는 것부터 내가 알게 모르게 생활하는 데 우리가 잘 인식하지 못할 만큼 많은 에너지가 필요합니다. 사람을 만나고 특정한 관계가 되는 건 더 그렇죠.

살아가는 데 필요한 모든 것들에는 에너지가 소모되고 그러려면 마음의 공장이 돌아가야 하는데 우울증에 걸린 사람들은 재료가 없는 거예요. 몸이 진짜 많이 아플 때 기력이 없으면 누워서 앓는 것밖에 못하거나 내내 잠만 자게 되는 것처럼요.

이런 사람들에게 "바꿔보자, 변해야 한다"고 하거나 파이팅을 외치면 되려 자괴감을 줄 수도 있습니다.

보이는 상처는 얼마나 아픈지 티가 나지만 마음의 상처는 알 수가 없잖아요. 그 사람의 상태가 어떤지도 모르는 상황에서 자꾸 '파이팅'을 외치며 변하라고 푸시하면 큰 부담과 압박인 거죠.

마음의 공장을 돌릴
에너지를 만드는 법

우울증이 있으면 그냥 생활하는 것도 힘이 드는데, 이 학생은 그래도 뭔가를 하려고 하는 게 참 대단하다 싶었어요. 그래서 저는 지속적으로 칭찬을 하면서 아주 작은 에너지라도 만들어낼 수 있도록 같이 연습을 했어요. 계속하다 보면 마음의 공장을 돌릴 에너지를 만드는 법을 알 수도 있으니까요.

"뭐든 계속하면 는다"고 하잖아요. 걱정을 많이 하게 되면 걱정이 늘어나고, 칭찬을 많이 하게 되면 칭찬이 늘어나는 거죠. 저는 그게 익숙해진다는 표현인 것 같아요. 그래서 칭찬을 많이 하는 칭찬 샤워를 해야겠다 싶었어요.

"이런 걸 해볼 생각을 하다니 정말 대단하다."

"한 번이면 어때, 안 한 사람도 있는데~ 충분히 훌륭해."

"여기에 와준 것만 해도 고맙다."

이런 계속 얘기를 했습니다.

대신 칭찬을 할 때 제가 거짓을 말하거나 진실하지 않다고 느끼지 않도록 현재 가진 것이나 행동을 사실에 기반해서 칭찬하려고 조심했어요. 그리고 제 칭찬이 평가처럼 들리지 않도록 결과치가 아닌 진행 과정을 칭찬하는 데 집중했습니다. 이런 부분은 커뮤니케이션으로 고민하는 분들께 스피치 교육을 할 때에도 강조하는 부분이에요.

스스로에게 '위로 샤워'를
해주면 어떨까

음… 그러니까. 제가 하고 싶었던 말은 이 친구와 마음의 공장을 돌리는 연습을 한 것처럼 너무 힘들 때는 그냥 스스로를 위로해주면 좋겠다는 거예요.

우리 모두 힘들잖아요. 다들 힘드니까, 내가 힘들다는 얘기를 누군가에게 하기도 참 어렵고요.

근데 힘드니까 위로받고 싶잖아요. 이런 마음이 들 때 글배우 작가님의 『걱정하지 마라』는 책을 보면서 스스로에게 '위로 샤워'를 해주면 어떨까 했어요. 소리 내서 읽어 보기도 하면서요.

저는 이렇게 위로받고 싶은 마음이 들 때 진짜진짜 좋아하는 사람에게 '너 잘하고 있어'라고 열 번만 말해달라고 부탁하는데요.

조금 웃기지만 직접적으로 이렇게 말해달라고 하면 "뭐야

~ 이상해, 이걸 왜 시켜"라고 어이없어 하기도 하고 "쑥스럽게 뭐, 그런 걸 시켜"라며 핀잔을 주기도 해요. 그래도 저는 꿋꿋하게 해달라고 하고, 결국 그 말을 열 번 들어요.

처음에 한두 번은 서로 너무 어색하고 오글거려요. 그런데 세 번 이상 그 말이 반복되면 마음이 편해져요. 신기한 건 인위적으로 하는 말이라는 걸 둘 다 너무 잘 알고 있는데도 서로에게 정말 위로가 됩니다. 저는 말에도 힘이 있어서 좋은 말을 계속 들으면 그 말이 마음에 좋은 영향을 끼친다고 생각해요.

위로받고 싶은 순간에 누군가 옆에 있다면 저처럼 듣고 싶은 말을 열 번 해달라고 부탁해보세요. 쑥스럽다고 거절해도 꿋꿋하게요. 하지만 위로가 필요한 순간에 옆에 아무도 없다면 책에 있는 예쁜 문구를 소리 내 읽으면서 일부러라도 자기에게 들려주면 좋겠어요. 분명히 아주 작은 변화라도 효과가 있을 거예요.

요즘 특히 많이 답답하고 뭔가 묘하게 가라앉아 있다는 느낌이 드신다면 이 책으로 온기를 느끼면 좋겠습니다.

\# 힘이 되는 말 중에서 가장 기억에 남는 말이 있으신가요? 어떤
  말이었나요?

3장

누구나 하나쯤은
연약한 부분이 있다

나에게 친절한 게
최고의 친절이야

『소년과 두더지와 여우와 말』,
찰리 맥커시

다들 제가 책을 좋아하는 걸 알고 계시고, 책을 소개하는 콘텐츠를 올리다 보니 주변에서 책을 추천해달라는 얘기를 종종 합니다. 그럴 땐 어떤 책을 좋아하는지 책을 선택하는 성향을 묻고 책을 읽는 목적이 무엇인지 확인 후에 추천해드리는데요. 선물하기 좋은 책이 뭐냐고 물으면 주저하지 않고 추천하는 책이 바로 『소년과 두더지와 여우와 말』입니다.

저도 이 책을 선물로 받았는데요. 작품집을 보는 듯한 예쁜 그림에 한 구절 한 구절 마음을 울리는 글이 있어서 선물

받고 행복한 기분이 들었고요. 읽고 읽고 또 읽은 책이었어요. 다른 분들께 소개해드릴 때에도 "아름다운 책"이라고 말씀드려요. 어른을 위한 동화랄까요?

『소년과 두더지와 여우와 말』은 책이 발간되자마자 영국아마존 전체 1위에 올랐고, 2019년에 영국과 워터스톤스와 미국의 반즈앤노블에서 올해의 책으로 선정되기도 했습니다. 저만 이렇게 좋았던 게 아니었던 거죠.

> "나에게 친절한 게
> 최고의 친절이야."

일러스트레이터이신 찰리 맥커시 작가님은 언제 어디를 펼쳐도 괜찮고, 여덟 살이든 여든 살이든 누구라도 읽을 수 있는 모두를 위한 책을 만들고 싶으셨다고 해요. 어디를 펼쳐도 모든 내용이 다 좋아서 볼 때마다 유난히 마음에 들어오는 글귀가 달라요. 오늘은 이 글에 꽂혀서 여러분께도 들려드릴게요.

"나에게 친절한 게 최고의 친절이야."

얼마 전에 멋진 커리어우먼 선생님과 스피치 상담을 했어요. 말단 사원부터 시작해서 40년간의 경력을 쌓으며 리더의 자리까지 오르신 분이었는데, 여러 사람들 앞에서 말을 하거나 회의를 진행하는 게 긴장되고 어렵다는 거예요.

그래서 정도의 차이는 있지만 누구나 떨릴 수 있으니 괜찮다고 말씀드리면서 혹시 회의 진행 전에 내가 긴장이 된다는 걸 얘기하고 시작한 적이 있는지 여쭤봤어요. 이렇게 먼저 자기 고백을 하면 오히려 마음이 편해져서 긴장이 풀리기도 하고 듣는 사람들도 어느 정도 진행자가 떨린다는 걸 감안하고 듣거든요. 인간적으로 보여서 호감을 가질 수도 있고요.

그런데 갑자기 왜 내가 긴장한 걸 말해야 하냐며 정색을 하시더라고요. 리더가 긴장하는 모습을 보이면 안 되는 것 아니냐면서 약한 모습을 보이고 싶지 않아서 온 건데 왜 그런 질문을 하느냐고 여러 번 되물으셨어요.

그래서 선생님의 현재 상황을 점검하기 위함이라 말씀드리며 스피치를 할 때 긴장되는 상황과 환경, 몸과 마음의 상태 등에 대해 질문드렸더니 "왜 그런 상황을 물어보세요?", "왜 환경이 중요한가요?" 등 모든 대답을 '왜'로 시작하시더라고요.

실제로 질문을 한 진짜 이유를 물어보시는 경우도 있었지만 선생님은 대화에서 습관적으로 '왜'를 사용하시는 것 같

있어요. 그러면서 자신의 말로 이어가니 제가 질문한 이유를 변명처럼 설명하게 되더라고요. 이야기를 나눌 때 '왜'를 많이 사용하거나 대답을 '왜'로 시작하며 역질문을 하면 상대방은 이유를 설명할 수밖에 없게 되죠. 그게 반복되면 상대방은 추궁당하는 느낌이 들 수 있어요.

게다가 선생님의 말의 속도가 빨라서 말을 끊지 않고 대화를 주고받으려니 적절한 타이밍을 잡기가 어려웠는데요. 말의 속도가 빠르고 빈틈이 없으면 상대방은 생각하고 대답할 시간이 없으니 말을 주고받기가 어려워지죠. 그래서 상담을 진행하는 내내 제가 되려 긴장이 됐어요.

선생님은 자기 자신에게 완벽한 모습을 기대하고 있었고, 그런 사람이 되기 위해 스스로에게 엄한 잣대를 가지고 계셨어요.

자신이 완벽한 사람이 아니라는 건 알지만 다른 사람은 자기를 카리스마 있는 리더로 알고 있기 때문에 잘하는 모습만 보여주고 싶다면서 노력하는 나의 모습을 남들에게 드러내고 싶지 않다고 하셨죠. 대상이 누구든 상관없이 자기가 조금이라도 부족한 모습을 보이는 걸 허락하지 않는 거죠.

그런데 참 안타까운 건 그래서 더 힘들다는 말씀을 계속하시는 모습이었어요.

누구나 처음 접하는 일이 있고, 잘하는 것이 있는 반면 서투른 것도 있을 텐데 이상적인 나를 만들고 그 모습에 나를 끼워 맞추는 것을 보며 걱정이 됐어요.

자신을 아프게 채근하는 모습을 보고 '나도 그럴 때가 있었는데'라는 생각이 들면서 그게 얼마나 힘든 건지 아니까 더 안타깝더라고요.

간혹 남들에게 약한 모습을 보이면 지금까지의 우호적인 시선이 달라질 것이라고 생각하기도 하잖아요. 그래서 진짜 나의 솔직한 모습을 보여주지 못하고 멋지고 준비된 모습만 보여줘야 한다고요. 이런 생각으로 시간이 지나면 나의 약한 모습을 보여주는 것을 용납할 수 없게 되고, 다른 사람 앞에서 실수하거나 사람들이 나의 부족한 모습을 알게 되는 것 자체가 불안해지죠. 그렇게 또 자기 스스로를 들들 볶게 되는 겁니다.

왜 나의 노력을
칭찬해주지 않는 걸까?

반대로 자신이 노력한 것을 자랑스러워하고 다른 사람에

게 당당하게 오픈하는 사람도 만난 적이 있습니다. 모 기업에 3번 도전했다가 떨어지고 4번째 도전을 하던 학생이었는데요. 에너지 넘치고 씩씩한 친구로, 노력하는 모습에 반해서 저도 열심히 도왔던 기억이 나요. 주말 아침에 와서 첫 수업을 들었고, 깨달음을 얻었다면서 다른 수업이 다 끝날 때까지 연습하면서 기다렸다가 저녁 늦게 점검을 받고 가고는 했죠.

네 번째 면접을 보고 나서 한껏 고조된 목소리로 면접을 정말 잘 봤다고 연락이 왔어요. 그리고 마지막에 면접관이 정말 말을 잘한다고 했다며 감사하다고 하더라고요. 이 친구는 면접관의 말 잘한다는 이야기에 이 기업에 들어오고 싶어서 스피치 학원도 다녔다며 입사하면 정말 열심히 하겠다고 말했대요.

다들 말을 잘하기 위해 스피치 학원에 다녔다는 걸 감추기 급급한데 노력하는 스스로를 자랑스러워하는 이 친구를 보고 제가 다 뿌듯하더라고요. 최종 합격 소식을 들었을 땐 제가 합격한 것처럼 기뻤어요.

이렇게 목표를 세우고 자신이 부족한 부분을 알고 바꾸기 위해 노력하는 사람을 보면 멋있잖아요. 누구라도 이 학생의 노력을 대단하다며 칭찬하고 손뼉 쳐줄 거라고 생각해요.

다른 사람이 노력할 때는 "와, 정말 대단하다! 정말 고생한다"며 칭찬하고 인정해주는데 왜 나의 노력에 대해서는 '정말 훌륭하다'고 칭찬해주지 않는 걸까요? 결과와 상관없이 자신의 노력을 알고 있을 텐데 결과에 따라서 더 노력했어야 했다며 자기 탓을 하잖아요.

있는 그대로의 나를 받아들여주고
나에게 친절하게 대해주면 어떨까요?

물론 남들이 나의 부족한 모습을 알게 되거나 진짜 나에 대해서 알게 되면 실망할 것이라고 생각하면서 '만들어진 나'를 보여줄 때가 있죠. 하지만 '대외적으로 만들어낸 나'와 '실제 나' 사이의 갭이 커질수록 힘들어집니다.

역할이나 상황에 따라 또 다른 나의 모습을 보여주는 것을 칼 구스타프 융(Carl Gustav Jung)은 페르소나(Persona)라고 말했는데요. 가면을 쓰는 것이 무조건 안 좋은 것은 아니지만 진짜 나의 모습을 페르소나와 동일시하고 만들어낸 기준에 맞추려고만 한다면 아무리 좋은 말을 들어도 다 튕겨내고 애만 쓰느라 힘들어 죽겠는 상황이 반복될 수밖에 없습니다.

그러다 보니 계속 스스로를 저평가하고 일어나지 않은 일에 대해서 미리 걱정하죠. 시간이 많이 지나면 진짜 내 모습을 그대로 보여주고 싶어도 어떤 모습이 나인지 모르는 난감하고 슬픈 상황을 경험하기도 합니다.

이런 현실이 너무 아파서 나를 있는 그대로 받아주는 사람을 항상 꿈꾸지만 그런 사람은 만나기도 어려울뿐더러 만났다고 하더라도 너무 소중해서 솔직한 나를 그대로 보여주기가 어렵죠.

생각해보면 이런 게 다 나 자신에게 스스로 친절하지 않아서 생기는 게 아닌가 싶어요. 나에게 친절해지면 이렇게 슬픈 상황을 만들지 않을 수도 있잖아요.

혹시 다른 사람들에게만 친절하게 대하고 있었다면 있는 그대로의 나를 받아들여주고 나에게 친절하게 대해주면 어떨까요?

\# 살면서 가장 기분 좋은 칭찬은 무엇이었나요?

\# 나에게 칭찬해주세요.

'나는 노력하는 내가 참 좋아.'
'잘 버티고 있어!'
'지금도 충분히 잘하고 있어.'
'수고했어~ 오늘도!'

이렇게 나에게 해주고 싶은 말을 스스로에게 들려주세요.

어린 시절의 나와
지금의 내가 만나다

『당신의 어린 시절이 울고 있다』,
다미 샤르프

보이스 트레이닝 수업에서 유난히 목소리가 작은 학생과 만났어요. 누가 봐도 예쁘고 똑똑하고 친구도 많은 부족할 것 없어 보이는 친구였는데, 목소리가 작아서 학교 생활을 할 때나 취업 준비를 할 때 자신감이 없어 보이는 게 고민이었어요.

수업을 진행하다 보니 소리를 크게 내는 걸 불편해하는 것 같다는 생각이 들었어요. 크게 소리 내는 방법을 배웠는데도 여전히 작게 말하는 것이 자신의 목소리가 커지는 것에 대한 거부감이 있는 것처럼 보였거든요. 소리에 대한 이중적인 감정이 있으면 훈련을 받아도 효과를 크게 보기 어렵기 때문에 고민을 하다가 일부러 있는 힘껏 소리를 지르게 했어요.

크게 소리 지르기를 반복해서 들어보니 다른 사람이 말할 때 내는 정도의 크기밖에 되지 않았어요. 그런데 이 친구는 너무 크게 소리 낸 것 아니냐며 자기가 낸 소리가 정말 크다고 얘기하는 거예요. 그래서 "네가 지금 낸 목소리가 다른 사람이 보통 말할 때 내는 목소리야"라고 말했더니 정말인지 여러 번 반복해서 확인하더라고요.

저는 조심스럽게 목소리를 크게 내는 게 불편한 것 같아 보이는데 혹시 소리를 크게 내서 안 좋았던 경험이 있었는지 물어봤어요.

PTSD처럼 평생 상처로
남는 발달 트라우마

처음에는 특별히 기억나는 일이 없다며 이건가, 저건가 했는데 내화를 하다가 갑자기 다섯 살 때 동생이 태어났는데 엄마에게 "아가 깬다, 조용히 해"라는 말을 자주 들었다고 하더라고요. 그 말을 듣고 제가 "엄마가 자꾸 조용히 하라고 해서 속상했겠네. 그때는 아직 다섯 살 아기였는데…"라고 했더니 이 학생이 갑자기 눈물을 흘리더라고요. 어릴 때 반복해서 들었던 엄마의 말에 자신이 상처받은 건 전혀 몰랐다고 하면서요.

신기하게도 그날 이후로 이 친구의 목소리가 거짓말처럼 커졌어요. 자기가 왜 목소리를 크게 내지 못했는지 이유를 알게 됐기 때문이라고 생각해요.

말이나 목소리는 심리적인 영향을 많이 받는데요. 이 학생의 경우 심리적으로 상처받은 것이 목소리를 작게 내는 것으로 드러났던 것 같아요. 발달 트라우마의 경우 자신이 느끼는 고통의 진짜 원인을 잘 모르기 때문에 문제를 스스로 해결하기가 어렵습니다.

보통 트라우마라고 하면 흔히 충격적인 경험으로 생긴 쇼크 트라우마(PTSD, 외상 후 스트레스 장애)를 떠올리는데요. 자기도 모르게 부모님이나 어른들, 친구 등 주변 사람에게 거절이나 부정적인 피드백을 반복해서 받으면 발달 트라우마가 될 수도 있습니다.

이런 발달 트라우마는 누구나 한 번쯤 겪을 수 있는 일이고, 주변에서도 흔하게 볼 수 있는데요. 자신이 불편함을 느끼게 된 원인을 아는 것만으로 해결되는 경우도 종종 있습니다.

이렇게 가랑비에 옷 젖듯이 거절이나 불편한 말과 상황이 반복되면 상처로 남을 수도 있습니다. 그 상처 때문에 목소리를 크게 못 낼 수도 있다는 걸 자신은 몰랐을 뿐이죠.

하지만 거절을 한 번도 당하지 않거나 부정적인 말을 듣지 않으면서 살 순 없잖아요. 그래서 원인을 알고, 그 상처를 안고 잘 살아가는 방법을 아는 것이 우리에게 필요한 거죠. 어떤 경험을 하든 그 경험을 지워버리거나 던져버릴 수 없는 거니까요. 그래서 옛 상처가 지금의 삶을 지배하지 못하게 하는 것이 중요합니다.

마음을 치유할 때 내면만이 아니라
신체와 감정을 연결해서 봐야 한다

그래서 추천드리는 책이 바로 다미 샤르프 작가님의 『당신의 어린 시절이 울고 있다』입니다.

작가님은 심리치료사이자 트라우마 치료 전문가로 신체 감정 통합 치료법(SEI: Somatische Emotionale Integration)을 만든 분입니다. 마음을 치유할 때 내면만 보는 것이 아니라 신체와 감정을 연결해서 봐야 한다고 말씀하시죠. 이 책에서는 서로 영향을 끼치는 심리와 신체의 통합적인 치유 방법을 이야기하고 있습니다.

저는 이 책을 재미있게 읽었어요. 어릴 적 배가 아프다고 꾀병을 부리다가 정말 배가 아파진 적이 있었는데 이런 신체화에 대해 좀 더 깊이 있게 공부하고 싶은 마음에 신체 심리학 강의를 들을 만큼 관심 있는 분야이기도 하고요. 또 마음이 행동으로 드러나는 바디 시그널이나 바디랭귀지는 제 직업인 스피치와 밀접한 관련이 있기 때문에 이 책이 더 흥미로웠어요.

모든 문제가
커뮤니케이션에서 시작된다

책에는 제가 교육하는 스피치와 관련된 이야기도 많이 있는데요. 그중에 타인과 세상을 향해 나아가는 기본적인 수단이 커뮤니케이션이기 때문에 모든 문제가 커뮤니케이션에서 시작된다는 내용이 기억에 남습니다.

많은 분들이 좋아하시는 〈요즘 육아 금쪽같은 내새끼〉라는 프로그램에서도 오은영 박사님께서 자신의 기분을 말로 표현하게 하면서 커뮤니케이션 방법을 코칭하시잖아요. 커뮤니케이션으로 인해 생긴 문제를 해결하기 위해서는 자신의 감정이 어떤 감정인지 보고 그 감정을 잘 표현하는 것이 중요합니다. 그래서 아이들이 자기감정을 말로 표현할 수 있도록 "속상했겠다", "서운했어?", "많이 화가 났니?", "잘 안 되니까 답답하지?" 등 공감을 통해서 자신의 감정을 말할 수 있도록 유도하는 거죠.

신경학자들은 우리가 느끼는 감정을 언어로 표현하는 것만으로도 굉장히 많은 부분의 두려움이 사라진다고 합니다. 이렇게 말로 감정을 제대로 보고 표현하는 게 필요한 건 아이들에게만 해당하는 이야기가 아니라 어른들도 마찬가지죠.

정말 하고 싶은 얘기를 못하고 돌려 돌려서 말하다가 자기감정을 제대로 표현하지 못하고 오해는 오해대로 쌓이고 상황은 더 안 좋게 흘러가는 경우도 많이 있는데요.

부부 상담 프로그램을 보면 많은 분들이 대화가 되지 않아 갈등을 겪잖아요. 저는 특히 대화가 되지 않아서 서로 입을 닫아버리고 문자로만 내화하는 부부의 사례가 인상적이었어요.

이 부부는 문자로 상대에게 드는 서운한 감정을 주체하지 못하고 상처 주는 것이 목적인 듯한 날카로운 말들을 쏟아냈는데요. 무엇 때문에 자기가 서운했는지 말로 잘 표현하기보다 격한 감정이 담긴 말을 뱉고 그게 싫은 상대가 대답을 안 하면 상대방이 나를 무시했다고 생각했어요. 이렇게 상황이 점점 더 나빠지더라고요.

이 부부의 상담을 맡은 전문 상담사 선생님은 상대방에게 진짜 상처받았던 첫 기억을 찾아가는 정신역동 상담 기법을 통해 감정을 끌어냈는데요. 이걸 보면서 감정을 제대로 들여다보는 것이 얼마나 중요한지를 다시 한번 생각했어요.

감정에 이름을
붙인다는 것

자기감정을 객관적으로 들여다보고 그걸 말로 표현하는 게 쉬운 일이 아니죠. 화가 나거나 힘든 상황에서는 오만 가지 생각이 머릿속을 휘젓는데 어떻게 단어 하나로, 말 한마디로 축약할 수 있겠어요. 게다가 이렇게 감정을 간단하게 표현해버리면 스스로 유치하고 단순한 사람이 된 기분이 들기도 하잖아요.

하지만 이렇게 자기의 감정을 단어로 표현하지 않으면 복

잡한 감정을 풀기가 어려워요. 그래서 말로 표현하고 하나씩 풀어내기를 하는 거죠. 꼭 상대방에게 표현하라는 말이 아닙니다. 너무 화가 나거나 주체할 수 없을 것 같은 기분이 들지만 상대방에게 쏟아내는 자신을 보고 싶지 않을 때도 있잖아요. 그렇다고 참기만 하면 내가 아프고요.

그럴 때는 자신이 느끼는 감정을 모두 적고 소리 내서 말해보세요. 단순해 보이지만 상대방에게 감정을 쏟아내지 않아도 마음이 한결 가벼워지실 거예요.

지금 불편한 감정이 있다면 현재의 감정을 단어로 표현해보세요. 가장 크게 느끼는 감정의 단어를 크게 써도 좋고 그 단어에 큰 동그라미를 치거나 색깔을 칠해도 좋습니다. (단어가 기억나지 않는다면 다음 감정을 표현하는 언어들을 참고해보세요.)

◆ 불편한 감정의 언어들

머리 뚜껑이 열리는 것같이 열받는	간장을 녹일 것같이 마음 아픈
머리 위까지 짜증이 차오르는	땅 파고 들어가고 싶을 만큼 부끄러운
머리가 터질 것 같은 빡침	창피해서 죽어버리고싶을만큼 수치스러운
화가 치밀어 오르는	울부짖고 싶을 만큼 격분된
심장이 터질 것 같은 분노	상상도 못할 만큼 경악스러운
다 부숴버리고 싶을 정도로 격한	말로 표현하기 어려울 정도로 혼란스러운
목구멍이 매이듯 답답한	텅 빈 것 같이 공허한
끔찍할 만큼 경멸스러운	쭈뼛쭈뼛 털이 곤두설 만큼 섬뜩한
죽이고 싶을 만큼 싫은	이러지도 저러지도 못하고 난처한
너무 미워 죽겠는	온몸이 덜덜 떨리게 두려운
꼬집어주고 싶을 정도로 얄미운	끔찍하게 무서운
울렁울렁 토할 것처럼 역겨운	발을 동동 구르고 조바심 나는
상대하는 것조차 싫을 만큼 끔찍한	한없이 그리운
혐오스럽고 더러운	가슴이 먹먹한
숨이 안 쉬어질 만큼 답답한	사라지고 싶은 비참한
누군가 꽁꽁 묶어둔 것처럼 갑갑스러운	땅속으로 들어가고 싶게 좌절한
건드는 것도 싫을 만큼 귀찮은	아프고 거북한
말도 섞고 싶지 않게 더러운	어찌할 바 모르게 당황스러운
쳐다만 봐도 짜증 나는	기운이 다 빠지게 허탈한
신경이 바짝바짝 서는 날카로운	고달프고 지친
모든 세포가 위로 곤두설 만큼 신경질 나는	넌더리 나게 지겨운
소리 지르고 싶을 정도로 억울한	분하고 원통에서 한스러운
뒤집어엎고 싶을 만큼 성질 나는	쓸쓸하고 서글퍼 울적한
마음에 불길이 솟아오르는 노여운	바짝 긴장한
벌레가 기어가는 것같이 오싹한	어수선하고 뒤숭숭한
심장이 찢어질 것같이 슬픈	섭섭하고 서운한
머리에 쥐날 것같이 화나는	끝이 보이지 않는 암담한

누구나 하나쯤은
연약한 부분이 있다

『내 안의 어린아이가 울고 있다』,
니콜 르페라

"직면하는 모든 것을 바꿀 수는 없지만 직면하지 않고는 그 어떤 것도 바꿀 수 없다."

이 책에서 제가 가장 좋아하는 말인데요. 심리학 공부를 하면서 들었던 인상적인 말을 책에서 만나니 굉장히 놀랍더라고요.

아픈 과거나 상처를 직면해야 한다는 말을 처음 들었을 때 '왜 굳이 아프면서 성장을 해야 하는 거지? 아프지 않고 성장도 안 하면 안 되나' 이런 생각을 했어요. 결국 모든 건 선택인데 아프지 않고 성장도 안 하기를 선택할 수도 있는 거잖아요.

'아프지만 성장하는 것'과
'아프지 않고 성장도 안 하는 것'

'아프지만 성장하는 것'과 '아프지 않고 성장도 안 하는 것' 둘 중에 어떤 선택을 하는 것이 더 좋은지 정답은 없는 것 같아요. 사람마다 가치가 다르니까요.

심리학 공부를 하면서 들었던 이야기를 들려드릴게요. 이런 상황에서 여러분은 어떤 선택을 하실지 생각해보세요.

어릴 적 다리를 다쳐서 한쪽 다리를 잘 쓰지 못하게 됐어요. 그래서 그때부터 평생 목발을 사용하게 된 거죠. 어른이 된 지금은 목발을 내 발처럼 불편 없이 잘 사용하고 있어요. 너무 잘 사용하고 있는데 어느 날 다리를 고칠 수 있는 방법을 알게 된 거예요.

하지만 다리를 고치려면 정말 정말 끔찍한 고통을 겪어야 한대요. 재활이 얼마나 오래 걸릴지는 사람마다 달라서 아무도 모르지만 고통을 이겨내고 나면 두 다리를 온전히 쓸 수 있게 된다는 거예요.

두 다리를 온전히 쓰게 되는 건 확실해요. 하지만 이게 얼마나 좋을지는 두 다리로 걸었던 어릴 적 기억이 나지 않으니 알 수가 없어요. 그리고 지금은 너무 편하게 목발을 사용해서 잘 살고 있어요.

이제 선택을 해볼게요. 여러분은 목발을 짚고 계속 사는 삶을 선택하시겠어요? 아니면 얼마나 아플지는 모르지만 그래도 고통을 견뎌내고 나의 두 다리로 걷는 온전한 자유를 누리는 것을 선택하시겠어요?

대부분의 많은 사람들이 처음에는 두 다리로 온전히 걷는 자유를 선택합니다. 하지만 자신의 상처를 직면하고 나니 생각보다 너무너무 아픈 거예요. 참기가 어려울 만큼 큰 고통인 거죠. 그래서 자신의 상처를 외면하고 '여태까지도 목발 짚고 잘 살았는데, 뭐. 언제 나을지 알 수도 없고 낫는다는 보장도 없잖아'라고 합리화하면서 회피하게 됩니다. 두 다리를 자유롭게 사용했던 과거는 기억도 나지 않으니까요.

합리화해도
괜찮아요

저는 합리화해도 괜찮다고 생각해요. 그래도 괜찮아요. 꼭 아프고 성장할 필요는 없어요. 어떤 선택에도 정답은 없으니까요.

대신 꼭 기억해야 할 게 있다면 목발을 선택한 것에 대한 죄책감을 갖거나 불편한 마음을 안고 스스로 패배자라는 굴레를 씌우지 말라는 거예요. 내가 선택한 합리화를 그대로 바라볼 수 있으면 그것 또한 온전한 나의 선택이 됩니다. 그저 그렇다는 걸 인정하고 이 상태에서 더 자유롭게 살기 위해 앞으로 어떻게 할지 생각해보면 되는 거예요.

내면의 상처받은 아이와 현재의 나

그래도 치유하고 극복하고 나아가는 방향을 선택하는 사람들도 있잖아요. 그런 분들을 위해 『내 안의 어린아이가 울고 있다』를 소개해드리고 싶어요.

작가인 니콜 르페라 님은 몸과 마음과 정신의 통합적인 건강을 추구하는 심리치료 방식을 발전시킨 임상심리학자인데요. 이 책에서는 현재 느끼고 있는 내 마음의 상황을 내면의 상처받은 아이와 현재의 나로 구분해 치유하는 방법을 이야기하고 있습니다. 또 '미래의 나를 위한 일기 쓰기'나 '나의 트라우마 형태 파악하기'와 같이 '마음 치유 연습' 페이지가 노트처럼 구성되어 있어서 스스로 연습을 할 수 있습니다.

주변에서 흔히 있을 법한 사례가 많이 있어서 저도 재미있게 읽었어요.

왜 누구나 연약한 부분이 하나쯤은 있잖아요. 그리고 어렸을 때 굉장히 상처가 되는 부분도 있을 수 있고요. 현재 성공한 사람들도 자기만의 상처를 안고 있는데요.

전문성을 인정받아 방송 출연과 강의 의뢰를 많이 받게 되신 유명한 경제 전문가 선생님이 발표 불안으로 상담을 오셨어요. 평소에 주위 사람들에게 말 잘한다는 이야기를 많이 듣기도 하고, 본인도 말하는 걸 너무 좋아한다고 해서 왜 상담을 오셨는지 의아했어요. 그런데 선생님은 다들 방송도 강연도 잘 한다고 칭찬을 하지만 방송만 하면 손이 덜덜 떨릴 정도로 굉장히 불안하다는 얘기를 하시더라고요.

이야기를 듣고 발표 불안이나 무대 공포증의 경우 스킬적인 부분과 마음적인 부분을 정리해서 봐야 한다고 말씀드리고 대화를 나눴는데요. 사람들이 나를 주목하는 순간에 너무 잘하고 있는 자신의 모습과 덜덜 떨고 있는 모습, 이 두 가지를 동시에 의식하고 계시다는 걸 알게 됐어요. 그래서 언제부터 덜덜 떨리게 됐는지를 같이 얘기를 나누며 찾아봤어요.

한참 얘기를 나누다가 가난했던 어린 시절 이야기를 해주셨어요.

학교에 공납금을 제때 내지 못할 때마다 선생님들이 반 친구들이 다 있는 상황에서 공납금을 내지 못한 자신을 일어나게 해서 주목시키는 상황이 여러 번 있었다는 거예요.

그래서 "선생님 잘못이 아닌데 너무 속상하셨겠어요. 담임 선생님이 따로 불러서 얘기하셨으면 좋았을 텐데 친구들이 다 보는 상황에서 어린아이가 할 수 있는 게 없잖아요. 담임 선생님의 방법이 좋은 방법이 아니었던 것 같아요"라고 말씀드렸어요.

그리고 그때의 그 아이와 지금의 선생님은 많이 다르다는 걸 구분해서 인지시켜드리기 위해 어릴 때는 원치 않는 주목을 받는 상황이었지만 지금은 내가 선택해서 원하는 주목을 받는 거라고 말씀드렸죠. 내가 좌지우지할 수 있는 상황과 그렇시 않은 상황은 또 다른 거니까요.

제 이야기를 들은 선생님께서는 잠시 침묵하다가 "아… 그렇네요. 내가 이래서 그랬구나…" 하시면서 그 일이 자신에게 생각보다 큰 상처였던 것 같다고 하셨어요.

상담이 끝난 후 선생님은 내면의 나를 다시 들여다보는 것만으로도 많이 정리가 됐다며 굉장히 편해졌다고 하셨어요. 나가실 때는 굉장히 홀가분해 보이더라고요.

일곱 가지
내면 아이 유형

내면 아이는 누구에게나 존재합니다. 다만 그것은 나의 일부에 불과하다는 걸 기억하면 좋겠어요. 힘든 일로 인해 마음이 약해졌을 때나 중요한 기점에서 과거가 나의 발목을 잡지 않도록요.

작가님은 이런 내면 아이를 일곱 가지 유형으로 나눴어요.

첫 번째는 돌보미 유형인데요. 자신의 욕구는 무시하고 다른 사람을 만족시켜주며 자신의 자존감이나 정서적 욕구를 채우려고 하는 사람입니다.

두 번째 유형은 과잉 성취 유형으로 자신의 가치를 성공의 척도를 통해 검증받으려는 사람입니다.

세 번째는 저성취 유형입니다. 비판이나 실패가 두려워 눈에 띄지 않으려고 자신의 잠재력을 억압하는 스타일이죠.

네 번째는 구조자 · 보호자 유형인데요. 다른 사람을 도우면서 어린 시절 자신의 결핍을 채우려는 사람입니다.

다섯 번째는 파티 스타 유형입니다. 파티 스타 유형의 사람들은 고통이나 약점은 절대 드러내지 않고 항상 행복하고 재미있게 보이려고 하는 성향이 있어요.

여섯 번째는 예스맨 유형으로 착하고 이타적인 사람이 돼야 한다고 믿는 사람이고요.

마지막으로 일곱 번째, 영웅 숭배 유형은 자신이 진짜 원하는 것을 뒤로하고 본받아야겠다고 생각한 롤 모델의 삶을 따라 하는 것이 더 중요한 유형입니다.

일곱 개의 내면아이 중 공감되는 내면 아이가 있으신가요?

특정하게 하나의 유형만 드러나는 사람도 있지만 여러 유형이 복합적으로 나타나는 경우도 있습니다. 그래서 작가님은 자신이 어떤 유형인지 자주 나타나는 유형을 기록해보고 어디에서 상처받았는지 확인해야 한다고 말하고 있죠.

그리고 그렇게 확인한 자신의 유형에 맞는 방법으로 내면 아이에게 편지를 쓰는 것이 내면 아이 치유에 도움이 된다고 하세요. 내면 아이들은 공통적으로 자신을 봐주고, 자신의 말을 들어주고, 사랑받기를 바라니까요. 과거에 상처받았던 어린 나를 현재의 내가 알아봐주고 따뜻하게 안아주면 어떨까요?

\# 그냥 넘어갈 수 있는 일이라는 걸 알지만 자꾸 마음을 불편하
게 만드는 상황이나 말이 있나요?

\# 어린 시절에도 그런 마음이 들었던 적이 있었나요? 언제 어떤
상황이었는지 자세히 기억해보세요. 아는 것만으로도 지금의
내가 느끼는 불편한 마음이나 두려움을 좀 더 내려놓을 수 있
습니다.

모두에게 친절했다,
자신만 빼고…

『죽은 자의 집 청소』, 김완

『죽은 자의 집 청소』는 국어 선생님이신 새아버지께 선물로 받은 책이에요. 제목 때문인지 모르겠지만 이상하게 선뜻 책을 읽기가 어려웠어요. 그런데 책을 읽다 보니 아버지가 이 책을 추천해주신 이유를 알 것 같더라고요.

작가님은 죽은 이가 남긴 것과 그 자리를 수습하는 일에 관심이 생겨 특수 청소 서비스 회사를 설립해 일하고 계신데요. 누군가의 죽음으로 생계를 이어가고 있기 때문에 직업 자체에서 아이러니를 떼어 놓을 수는 없지만 죽은 사람의 집을 청소하는 것이 특별한 일은 아니라고 말씀하세요. 누구라도 해야 할 일을 자기가 대신하는 것뿐이고 그저 식탁을 치우는 것과 같이 어질러진 것을 치우고 비우는 일이라고요.

죽음을 통해
삶을 보는

특수 청소라는 일을 하면서 일상적으로 맞닥트리는 죽음의 현장을 보고 그 안에서 드러난 인간의 삶과 존재에 대해 기록한 것이 『죽은 자의 집 청소』입니다.

책을 읽기 전에는 죽음의 현장을 묘사하는 내용이 있을 거라 생각해서 두려운 마음이 들었고 이런 직업이 있다는 것도 처음 알아서 낯설었어요. 그런데 읽다 보니 죽음을 통해 삶을 말하는 느낌이 들어서 작가님이 말하는 아이러니가 이런 건가 싶었어요.

너무 특수한 경험과 현장에 대한 얘기라 에피소드를 읽을 때는 책장이 잘 넘어가는데요. 하나의 에피소드가 끝나면 다음 에피소드로 바로 넘어가지지 않고 머무르게 되더라고요.

남들에게만
좋은 사람

읽을 때마다 인상 깊은 에피소드가 달랐지만 가장 오래 기억에 남는 에피소드는 분리수거에 대한 내용이에요.

한 젊은 여성이 자살을 했어요. 이 여성은 착화탄으로 본인을 실수 없이 죽이기 위해 천과 면테이프로 모든 틈을 꼼꼼하게 막아 놓고 집이 완벽한 밀실이 되도록 철저한 준비를 했습니다.

그런데 하나 이상한 점이 있었어요. 청소를 하면서 보니 보통 화로 근처에 있어야 할 라이터가 없었던 거예요. 착화탄을 피우려면 점화장치가 필요하잖아요. 그래서 작가님은 뭘로 불을 붙였는지 찾아보다가 분리수거 통에 들어있는 라이터를 발견했대요.

스스로 목숨을 끊겠다고 착화탄에 불을 붙인 사람이 연기가 피어 오르는 중에 쓰레기를 하나하나 정리했던 거예요. 이 젊은 여성은 자살하는 중에 왜 분리수거를 했을까요?

주변에서는 이 여성분의 죽음을 무척 안타까워했어요. 인사성도 바르고 고맙다는 말을 입에 달고 다니는 정말 착한 사람이었다면서요. 남들에게는 그렇게 좋은 사람이었는데 자기 자신에게는 좋은 사람이 되지 못하고 결국 자신을 죽인 사람이 된 거죠.

사람이 자살을 선택할 때는 힘든 일이 있어서가 아니라는 말을 들었어요. 힘든 일 때문이 아니라 힘들 때 아무도 곁에 있지 않기 때문이라고 해요. 나를 이 세상에 묶어둘, 위안이 되어주는 누군가가 없어서인 거죠.

죽는 와중에 분리수거까지 한 걸 보면 다른 사람의 시선이 너무 중요한 사람이라는 것이고, 남들이 자신을 어여쁘게 봐주길 원했던 사람이었을 텐데…. 누구보다 사람을 간절히 원했던 사람이 힘들 때 아무도 없어서 죽음을 선택했을 거라는 게 너무 마음 아팠어요.

자신을 죽이는 극단적인 상황에서도 다른 사람의 시선을 신경 쓰는 모순적이고 이중적인 양가감정이 드러난 거죠.

드라마 〈슬기로운 의사생활〉을 보면 에피소드마다 인간의 이중적인 감정이 잘 드러나는데요.

병에 걸린 어머니가 자녀들에게 부담을 주고 싶지 않아 치료를 거부하지만 사실은 자녀들과 손주들과 오래오래 살고 싶어 하는 것도 그렇고요.

딸에게 간 이식을 받아서 살게 된 아빠가 딸을 아프게 하는 아빠라서 미안하다면서 쉴 새 없이 우는 장면도 그렇죠.

드라마 자체가 삶과 죽음에 대해 얘기하고 있어서 더 그런 것 같아요.

이중적인 마음은
우리의 일상에서도 자주 느낄 수 있는 감정

책이나 드라마에서처럼 꼭 심각하고 무거운 감정만 양가감정은 아닙니다. 이런 이중적인 마음은 우리의 일상에서도 자주 느낄 수 있는 감정인데요. 엄마의 잔소리를 들으면서 고마운 마음과 짜증스러운 마음을 동시에 느낄 수도 있고요. 손이 많이 가는 어린 자녀가 빨리 컸으면 좋겠지만 또 귀여운 지금 이대로 머물렀으면 좋겠는 그런 마음도 있죠.

저자 강연을 할 때 혼란스러운 감정과 상반된 태도가 함께 존재하는 양가감정에 대한 질문을 받은 적이 있어요. 반대되는 마음이 동시에 들면 어떻게 해결하냐는 거였는데요. 모순되는 감정은 누구나 느낄 수 있지만 그런 감정이 있다는 걸받아들이는 게 중요하다고 답변드렸어요.

많은 사람들이 이중적인 양가감정이 들면 보통 받아들이기 어려운 감정을 없애고 하나의 감정만 남기려고 노력합니다. 그래야 괜찮다는 생각이 들기 때문인데요. 그런데 감정이 그렇게 간단한 게 아니잖아요. 사랑하는데 미울 수도 있고, 기쁜데도 미안할 수 있고요.

이런 감정에 삼켜지면 마음이 너무 힘들어지고 자기 연민이 생길 수 있습니다. 어느 정도의 자기 연민은 필요하지만 여기에 빠지게 되면 행복이 와도 불행만 보게 되니까요. 마치 나는 불행해야 하는 사람인 것처럼요.

모순된 감정을 없애려고 애쓸수록 오히려 그 감정에서 헤어나기가 어려워집니다. 그래서 그 감정을 안고 잘 살아가는 방법에 집중해야 하는 거죠. 이중적인 감정과 잘 지낼 수 있는 나만의 방법을 찾는 건데요. 쉬운 일은 아니겠지만 불편한 감정도 인정하고 나면 더 자유롭고 수월하게 살아갈 수 있습니다.

\# 최근에 사랑하는데 밉거나, 기쁘지만 미안한 마음처럼 이중
적인 감정을 느낀 적이 있으신가요?

\# 어떤 상황에서 그런 양가감정을 느끼셨나요?

평생 흔들리지 않을
자신감 회복을 위해

『나는 오늘도 나를 응원한다』,
마리사 피어

『나는 오늘도 나를 응원한다』라는 책을 쓰신 마리사 피어 작가님은 영국의 『맨즈 헬스』가 뽑은 최고의 심리치료사면서 『태틀러』가 뽑은 영국 최고의 의사 250명 중 한 분입니다. 왕족, 기업 CEO부터 유명 연예인이나 스포츠 선수 등에 이르기까지 다양한 이력과 배경을 가진 사람들을 상담하셨고요.

이 책은 스스로를 도울 수 있는 방법을 알려주기 때문에 주변에서 심리학 책을 추천해달라고 하면 가장 먼저 꼽는 책

중 하나입니다. 작가님의 이야기가 많이 담겨 있어서 저도 밑줄 쳐가며 굉장히 열심히 봤어요.

요즘에는 마음이 아픈 사람들이 너무 많잖아요. 그런데 인식이 변했다고는 하지만 마음이 아프고 힘들다고 병원이나 상담소를 찾아가는 게 쉽지는 않죠. 시간과 비용도 만만치 않고요. 그래서인지 스스로를 위로하고 토닥여줄 수 있는 셀프 헬프 책들이 인기가 많은 것 같아요. 이 책은 나온 지는 좀 됐지만(2011년 6월 발행) 지금 봐도 여전히 좋은 책입니다.

외부에서 도움 받는 것 말고
스스로 파이팅을 외치는 방법

책에 나오는 '나를 돕고 응원하는 방법'은 여러 가지가 있는데요. 저는 그중에서 외부에서 도움 받는 것 말고 스스로 파이팅을 외치는 것에 대한 얘기를 해보려 해요.

'나는 할 수 있다!'라는 말을 여러 번 외치거나 거울을 보고 스스로에게 긍정적인 말을 해주는 것, 면접처럼 떨리는 자리를 앞두고 큰 손동작과 함께 "파이팅!!! 파이팅!! 파이팅!!" 이런 말을 반복하며 나를 응원한 적이 한 번쯤은 있으실 거예요.

이런 것들이 모두 자기 충족적 예언(Self-Fulfilling Prophecy)에 해당되는 것들인데요. 사람마다 정도의 차이는 있겠지만 실제로 효과가 있는 방법입니다.

얼마 전에 유독 힘들었던 날 저녁에 친한 언니에게 전화를 걸어 이런저런 하소연을 했어요. 통화를 마치고 언니가 이런 문자를 보내줬어요.

"고생 많았어, 피로 풀고~ 미소 짓고,

나는 너무 잘 풀려서 감사하다고

속으로 말하고 취침할 것!!!

다 잘될 거야! 온 우주가 너의 편인걸 :D"

이 문자를 받고 나니 마음이 따뜻해졌어요. 그리고 이 문자를 조용하게 소리 내서 읽으니까 신기하게도 힘이 되더라고요.

다들 자기만의 힘든 일이 있잖아요. 게다가 스트레스도 많이 받고요. 저도 강의만 하는 게 아니라 사업을 하다 보니 이런저런 일이 많이 생기고 그만큼 스트레스 받는 일도 많은데요. 이상하게 힘든 일은 하나씩 띄엄띄엄 가끔 찾아오는 게 아니라 엎친 데 덮치듯 생기더라고요. 그럴 때는 이 세상에서 저라는 존재가 거부당하는 느낌이 들고 스스로가 괜히 비참한 그런 느낌이 들더라고요. 물론 그게 비약인 줄은 잘 알고 있어요. 하지만 멘탈이 바사삭 무너지는 느낌이 들더라고요.

자다가도 문득 생각이 나서 잠 못 이루고, 밥을 먹다가도 갑자기 입맛이 뚝 떨어지고요. 하루 종일 그 문제에 사로잡힐 수밖에 없게 되는 일은 누구나 겪을 수 있잖아요. 그런데 그렇게까지 나를 괴롭히는 문제라면 대부분 쉽게 해결하지 못하죠. 쉽게 해결할 수 있었으면 이렇게까지 힘들어하지 않았을 테니까요.

그럴 땐 해결 안 되는 문제에 집중해서 스트레스 받기보다 '이 감정과 문제에 휩싸인 나'를 꺼내주는 걸로 목표를 바꾸는 게 필요합니다. 어차피 나 혼자의 힘으로 해결할 수 있는 문제가 아니라면 거기에 집착하며 나를 괴롭히기보다는 나를 그 문제에서 해방시켜주자는 거죠. 그래야 실제로 문제를 잘 풀어갈 수도 있으니까요.

자기를 깎아내려서 말하는 것이 반복되면
삶의 질은 떨어질 수밖에 없습니다

하지만 계속 그 상태에 매여 있으면 부정적인 생각에 사로잡혀 자신을 더욱더 깊은 구멍으로 빠져들게 하기도 합니다.

알게 모르게 스스로 자존감을 떨어뜨리는 거죠. 이렇게 자기를 깎아내려서 말하는 것이 반복되면 삶의 질은 떨어질 수밖에 없습니다.

습관적으로 말끝마다 "내가 그렇지 뭐"라든지, "그래도 넌 나보다 낫잖아" 이런 식으로 말하는 친구가 있는데요. 그 친구는 모임에서 자기만 의견이 다를 때마다 "난 괜찮아, 너희들 좋은 걸로 해"라고 하면서 "내가 고르는 게 다 그렇지, 뭐", "내가 하는 게 그렇지. 뭐" 이렇게 대화를 마무리해요.

그러면 저도 그렇고 다른 친구들도 괜히 미안한 마음에 '네가 고른 게 별로라 그런 게 아니라 더 많은 사람이 원하는 걸 선택한 것뿐이야'라고 말하며 기분을 풀어주려고 합니다. 생각해보면 저희가 미안해할 일은 아닌데도 말이에요. 그래도 친구니까 기운을 북돋아주려고 노력하지만 매번 같은 패턴이 반복되니 그 친구의 눈치를 보게 되고 모임의 분위기가 자꾸 가라앉게 되더라고요.

아무리 잘해줘도 자기가 대접을 못 받는 사람인 것처럼 구니 제가 나쁜 사람이 되는 기분도 들고 스스로 자신을 계속 깎아내리니 더 배려하려고 노력하는 게 허사가 되는 것 같았죠.

주변 사람들도
자신도 너무 힘들게 하는 사람

한번은 제가 힘든 일이 있어서 모두 저를 위로한 적이 있었는데 그 친구가 "그래, 힘들었겠다. 그래도 넌 나보다 나은 거야. 나는~~" 이러면서 자신이 피해자인 일로 주제로 바꾸더라고요. 자기가 마치 그 모임에서 가장 불쌍한 사람이 돼서 모든 사람의 관심과 집중을 받아야 성이 풀리는 건가 싶었어요. 결국 그 친구와의 만남에 점점 지쳐서 멀어지게 됐어요.

자신이 피해자인 것처럼 굴어서 다른 사람에게 죄책감을 유발하고, 상대의 죄책감과 동정심을 자극해서 사람들의 관심을 독점하면서 인정 욕구를 채우는 거죠. 피해자 코스프레라고도 하잖아요. 여기에 더 나쁘게 발전하면 자기가 져야 할 책임까지 상대에게 떠넘기기도 합니다. 간혹 이걸 나쁘게 이용하는 사람도 있어요.

사기가 잘못하고 나서 자신이 그럴 수밖에 없던 변명을 줄줄줄 이어놓고 결국 자신도 피해자라는 이상한 논리를 만들어 자신이 받을 비난과 책임을 회피하는 거죠.

저는 이렇게 스스로 가치를 낮게 보거나 부정적인 패턴의 말을 자주 하는 사람들을 보면 안타깝다는 생각이 들어요. 의도를 했든 의도치 않았든 주변 사람들도 자신도 너무 힘들게 하니까요.

스스로 일어날 힘을 갖기 위해
제 자신을 응원하고 있습니다

누구든 힘이 들 때는 땅 파고 들어갈 수 있어요. 저도 그랬고요. 하지만 나오려는 노력은 해볼 수 있는 거잖아요. 계속 땅속 깊이 들어가서 자기의 삶을 깎아내리는 건 너무 슬프니까요.

지금도 저는 힘든 일이 있으면 땅 파고 들어갑니다. 그렇지만 다시 일어나는 연습을 하고 있어요. 주변 사람들에게 응석을 부릴 때도 있죠. 그래도 스스로 일어날 힘을 갖기 위해 제 자신을 응원하고 있습니다. 여러분도 저와 함께 해보실래요?

\# 평소의 나는 스스로에게 어떤 말을 많이 하고 있나요?

\# 자주 하는 말 중 나를 낮추거나 부정적인 말은 무엇인지 적어
　보세요.

\# 그 말을 긍정적인 말로 바꿔서 자기 충족적 예언을 위한 가이
　드를 만들어보아요.

> Ex　나는 실패자다. ···▸ 나는 성공했다.
>
> Ex　이번에 또 실패하면 다시는 극복하지 못할 것이다. ···▸ 나는 성공을 향
> 　해 나아가고 있고 어떤 일도 극복할 수 있다.
>
> Ex　다른 사람은 나를 능력 없는 사람으로 볼 것이다. ···▸ 다른 사람들은 나
> 　를 부러워하고 능력 있는 사람으로 본다

산다는 것은
속으로 조용히 울고 있는 것

『내 인생에 힘이 되어준 한마디』,
정호승

'왜 하필 나한테만 이런 일이 생기지?' 이렇게 생각한 적 있으신가요? 저는 그런 적이 있었어요. 왜 나만 이렇게 힘들까, 아플까, 속상한 일이 생길까? 왜 뒤통수를 맞을까? 이런 생각들을 했죠.

한 번은 좋은 마음으로 시작했던 인연이 배신으로 끝나서 너무 힘들 때 저의 멘토 교수님께 "왜 저에게 이런 힘든 일이 생겼을까요?"라고 질문했어요. 그러나 교수님은 '왜 나에게 이런 일이 생겨'라고 생각하는 그 마음이 일종의 오만함일 수 있다고 대답하셨어요. 저는 그 말에 전혀 동의가 되지 않았어요. 솔직히 화가 나더라고요.

사람이 살다 보면 좋은 일도 있고 힘든 일도 있으니 그럴 수 있다고 말씀하셨다면 그냥 그러려니 했을 텐데 오만하다고 하시니 울컥했어요. 제가 얼마나 큰 배신감을 느꼈는지 상황을 다 알고 있는 교수님이 이렇게까지 말씀하시다니 서운한 마음도 들었고요. 열심히 잘 살았는데 보상까지는 아니라도 나쁜 일이 일어나지 않길 바라는 게 왜 오만한 마음인지 항변했죠.

"내가 잘해줬다고 해서 그 사람이 나에게
좋은 사람이 되어야 하는 것이 아니에요"

그러자 교수님께서는 안 좋은 일은 누구에게나 생길 수 있다는 걸 잘 알고 있지 않느냐며, 그런데 자신에게는 좋은 일만 일어나면 좋겠다고 생각하고 있었던 건 아니냐고 하셨죠. 나에게 일어나는 모든 일이 좋은 일이어야 한다고 생각하는 건 모든 걸 내가 좌지우지할 수 있다는 마음에서 비롯된 것일 수 있다면서요.

저는 저에게 좋은 일만 있어야 한다고 생각한 게 아니었요. 그저 진심으로 좋아서 마음을 줬던 건데 그런 사람이 배신을 했다는 게 받아들이기 어려웠고 화가 났던 거죠. 누군가에게 마음을 주고 잘해줄 때 나중에 이 사람이 날 배신할 수도 있다고 미리 생각하면서 잘해주는 건 아니잖아요.

그랬더니 교수님은 "내가 잘해줬다고 해서 그 사람이 나에게 좋은 사람이 되어야 하는 것이 아니에요. 그 사람의 마음을 내가 어떻게 할 수 있는 것도 아니고, 그 사람과의 만남도 내가 어떻게 할 수 있는 영역이 아니에요"라고 하셨죠.

내가 어찌할 수 없는 부분을 갖고 고민하는 건 답을 찾을 수 없다고요. 괴롭기만 한 거죠. '왜 나에게만…'이라고 생각하기보다 이 상황을 받아들이고 나에게 그 일이 독이 되지 않도록 마음을 다스리는 게 더 중요하다는 말씀이셨어요.

이 이야기를 나눌 때는 교수님의 얘기가 하나도 귀에 들어오지 않았어요. 너무 야속하기만 했어요.

하지만 교수님의 말을 이해하고 싶었어요. 제 멘토 교수님은 누구보다 저를 위해주시는 분이라는 걸 잘 알고 있기 때문에 계속 곱씹어봤어요. 생각하고 또 생각하다가 계속 불행해하는 것보다 현실에 있는 다른 좋은 것을 바라보라는 의미인 걸 알게 됐어요.

상처를 어떻게 대하느냐가
삶에서 정말 중요한 부분

정호승 작가님의 『내 인생에 힘이 되어준 한마디』도 저희 멘토님 같은 느낌의 책이었어요. 마음의 늪에서 헤맬 때 찾아가면 정말 시의적절하게 맞는 말씀을 하시면서 현실을 바라보게 하는 부분이 너무 비슷했거든요. 한마디 한마디 너무 맞는 말들이 담담하게 쓰여 있더라고요.

읽을수록 속상한 현실에 엉켜 있는 감정을 풀어주는 느낌이 들어서 진짜 힘이 되는 책이었습니다. 따뜻한 힐링의 말만 가득한 것도 아니고, 자신이 하고 싶은 말만 쏟아내는 충고도 아닌 상대방을 위한 마음이 가득 담긴 조언이라는 생각이 들었어요.

속상한 일이 생기면 감정에 빠져서 현실을 제대로 보기 어려울 때가 있잖아요. 사소한 걸 더 크게 보기도 하고 지나갈 수 있는 일도 계속 곱씹으면서요. 그럴 때 이 책을 읽으면 더 좋을 것 같아요. 차분하게 상황을 다시 한번 보는 시간이 되거든요.

정호승 작가님도 제 멘토님처럼 나쁜 일이 일어나면 '살다 보니 나에게 이런 일도 생기는구나'라고 받아들이지 않고

'하필이면 왜 나에게'라고 원망하는 마음이 드는 것을 두고 오만하고 이기적인 마음이라고 하세요. 나에게는 좋거나 행복한 일만 일어나고 나쁘거나 불행한 일은 일어나서는 안 된다고 생각하는 마음이 지극히 이기적이라는 거죠. 그리고 남에게 일어나는 불행이 나에게는 일어나서는 안 된다고 생각할 때 불행해진다고요.

이 책에서는 우리는 혼자 살아가는 게 아니니까 상처를 주기도 하고 받기도 하는데 이 상처를 어떻게 대하느냐가 삶에서 정말 중요한 부분이라고 이야기하고 있습니다. 살면서 누구나 상처를 받지만 상처로 인해서 주저앉는 사람이 있는 반면에 그 상처를 딛고 일어서서 더 힘차게 나가는 사람도 있잖아요. 상처를 어떻게 버텨내는지는 정말 중요한 문제인 것 같아요.

'그때 한계라고 생각했던 순간은
진짜 한계의 순간이 아니었구나'

산에서 조난을 당해 목숨을 잃는 경우 조난 현장보다 마을 가까이에 내려와서 죽는 경우가 훨씬 많다고 해요. 이제 희망이 없다고 생각하고 다 포기해버렸기 때문에요. 만약 마을 가까이에 왔다는 걸 알았다면 결코 죽지 않았을 거라는 거죠. 그래서 산악 전문가들은 조난을 당하면 계속 버티다가 진짜 마지막이라고 느꼈을 때 그때부터 딱 30분만 더 버티라고 합니다.

저는 이 이야기가 꼭 산에서 조난당한 사람들에게만 해당되는 말이 아니라고 생각해요. 바로 오늘을 살고 있는 우리 모두에게 해당되는 말이죠. "아, 이번이 마지막이야", "도저히 견딜 수가 없어", "이제 한계에 도달한 거야" 등등 마지막이라고 느껴지는 순간을 경험합니다. 이런 힘든 순간을 견뎌내고 버티고 나면 한 단계 성장한 나의 모습을 볼 수 있죠. 뒤돌아보면 '그때 한계라고 생각했던 순간은 진짜 한계의 순간이 아니었구나'라는 생각이 들기도 하고요.

"즐거운 경험은 나를 넓은 사람으로 만들고
아프고 힘든 경험은 나를 깊은 사람으로 만든다"

이렇게 성장을 하려면 힘든 마음이 아니라 좀 더 희망적이고 긍정적인 마음에 관심을 쏟아야 합니다. 힘든 감정에 관심을 쏟으면 힘든 마음에 먹이를 주는 것이 되기 때문에 불행한 마음만 눈덩이처럼 커지죠. 마음이라는 건 생각하는 방향으

로 커지기 마련이니까요. 저는 이걸 마음에게 먹이를 준다고
표현해요.

제가 좋아하는 만화 『피아노의 숲』에서 "즐거운 경험은
나를 넓은 사람으로 만들고 아프고 힘든 경험은 나를 깊은
사람으로 만든다"는 구절을 봤어요. 저는 넓은 것도 깊은 것
도 모두 성장이라고 생각해요. 다만 즐거운 것만 하려고 들
면 넓은 사람은 될 수 있지만 깊은 사람은 될 수 없잖아요. 그
래서 아프고 힘들 땐 제가 깊은 사람이 되어가는 중이라고
생각합니다.

여러분은 넓어지는 중인가요? 깊어지는 중인가요?

\# 최근의 기억을 떠올려보세요. 행복했던 경험과 힘들었던 경험
으로 나눠보세요.

당신은 넓어지는 중입니다.	당신은 깊어지는 중입니다.

4장

나는
나의 습관이다

내 감정을
알라

『하버드 감정 수업』, 쉬셴장
『감정의 발견』, 마크 브래킷

요즘을 사는 사람들은 모두 감정 노동을 하고 있는 것 같아요. 꼭 특정한 서비스 직군이 아니더라도 직장인도, 대표도, 주부도, 학생도, 나이와 성별에 관계없이 다른 사람과 접촉이 있는 모든 사람은 감정 노동을 하고요. 사람들과 직접 만나지 않아도 문자나 전화만으로도 계속 감정을 소모하게 되잖아요.

어느 날은 이상하게 강의와 미팅이 아침부터 줄줄이 바뀌거나 취소되는 날이 있었는데요. 사람들과 만나지 않으니 감정도 덜 소모할 것 같았는데 문자 한 줄을 적으면서도 '이렇게 말해도 될까?', '기분 상해하지는 않을까?' 등등 계속 신경 쓰게 되더라고요. 시간과 상관없이 늦은 밤에도 문자를 보게 되고 그렇게 끊임없이 조율하고 타협점을 찾으면서 하루 종일 감정 노동을 했어요.

그런데 휴대폰 없는 사람이 거의 없잖아요. 시간과 공간의 제약이 없으니 언제 끝날지도 모르고요. 이렇게 끝없이 감정 노동을 하니까 다들 점점 뾰족해질 수밖에 없는 것 같아요. 스트레스는 더 쌓이고 감정 조절도 어려워지죠.

자신의 감정을 잘 알고 컨트롤하는 것이
그만큼 우리 인생에서 중요하다

그래서일까요? 하버드대, 예일대 같은 명문대에서는 감정에 대한 수업이 인기가 많다고 합니다.

쉬센장 작가님의 『하버드 감정 수업』에서는 성취, 명예, 부를 만드는 아주 중요한 요소로 감정을 꼽는데요. 하버드 심리학과 연구에 따르면 사회에서는 지식보다 감정 조절 능력으로 타인을 리드한다고 해요. 감정이 일과 성공, 일상과 관계에 중요한 영향을 끼치게 된다는 거죠. 그러니 감정 조절 방법을 구체적으로 알려주는 강의들이 인기 있을 수밖에요.

예일대학교 아동 연구 센터 교수님이신 마크 브래킷 작가님도 『감정의 발견』에서 감정은 몸과 마음의 건강, 창의력, 효율성과 성과까지 영향을 미친다고 얘기하셨어요.

게다가 우리는 매 순간 끊임없이 감정을 느끼고 그것이 인간을 인간답게 만드는 특징이기 때문에 감정이 모든 것을 지배한다고 해도 과언이 아니라고요.

이렇게 유명 대학의 학자들은 자신의 감정을 잘 알고 컨트롤하는 것이 그만큼 우리 인생에서 중요하다고 말하고 있는데 유독 우리나라에서는 감정적이라는 것에 대한 부정적인 인식이 있는 것 같아요.

우리는 어렸을 때부터 '참는 것이 미덕'이라든가 이성적인 것을 더 중요하게 여기는 인식 속에서 살아왔잖아요. 요즘은 많이 달라졌다고 하지만 아직까지는 감정을 있는 그대로 표출하지 않고 감추는 것을 더 좋다고 인식하는 경향도 있고요.

그래서 감정을 드러내지 않으려고 애를 쓰거나 불편한 감정을 외면하려고 노력했던 게 아닐까 싶어요. 그러다 보니 점점 자신의 감정을 알아차리거나 표현하는 것 자체가 어려워진 거죠.

특히 좋아하는 사람 앞에서 더 그런 것 같아요. 유독 좋은 사람이 되고 싶은 마음에 상대방에게 불편하거나 불쾌한 감정이 들어도 말하지 않고 참거나 회피하면서 덮어두고요.

소소하게는 느끼한 음식을 싫어하는데 여자 친구가 좋아한다고 데이트할 때마다 매번 파스타 집을 간다거나 쇼핑이 너무 지겹지만 연인이 좋아하니까 그냥 따라다니는 것처럼요. 분명 좋아서 맞춘 건데 무조건 참으려고 하니 시간이 지날수록 마음이 피곤해지죠.

가까운 사이에서의 침묵은 상대에게
더 큰 상처를 주는 공격이 될 수 있다

친구 중에 연애를 하면 대체로 연인의 취향을 다 맞추려 하는 친구가 있어요. 그런데 그 친구의 연애는 항상 오래가지 못했어요. 어느 날 꽤 오래 만났던 연인과 헤어지고 '내 말투가 문젠가? 어떤 것 같아?'라며 자기 말투가 부드럽지 못해서 매번 이렇게 되는 것 같다는 푸념을 했어요.

친구는 말투가 문제라고 생각했지만 혹시 연인에게 좋은 사람이 되고 싶어서 상대에게 맞춘다고 참다가 쌓인 스트레스가 폭발한 건 아닐까 싶었어요. 사랑하는 사람과 만나는데 자꾸 참고 맞추려고 하니까 어느 순간 행복한 마음보다 피곤

하고 힘든 감정이 더 커져서 말의 내용도, 말투도 예쁘게 나가지 못하게 되는 거죠.

그래서 평소에 불편한 걸 너무 참지 말고 이야기를 해보면 어떻겠냐고 말했어요. 그랬더니 친구는 분위기 망치기도 싫고, 어떻게 얘기해야 할지도 모르겠고, 특별히 싫어하는 것만 안 하면 상관없지 않느냐면서 됐다고 하더라고요.

정말 연인이 남자 친구가 자기에게 억지로 맞추는 걸 몰랐을까요? 저는 티가 났을 거라고 생각해요. 참고 있다는 걸 알지만 말을 안 하니 그냥 넘어간 게 아닐까요? 누구나 소중한 사람과 좋은 관계를 유지하고 싶은 마음이 있잖아요. 그 사람도 좋아하는 사람과 갈등이 생길 만한 일을 먼저 만들고 싶지 않았을 테니까요.

이렇게 같은 연애 패턴을 반복하는 친구에게 직접 말할 수 없었지만 가까운 사이에서의 침묵은 상대에게 더 큰 상처를 주는 공격이 될 수 있다고 말해주고 싶었어요.

'어떻게 표현할까?'를 고민하는 것이 필요하다

좋은 감정이든지 나쁜 감정이든지 감정을 전하는 데 큰 비중을 차지하는 것이 '말'이잖아요. 같은 말이라도 전후 상황에 따라, 어떤 행동을 하면서 말을 하는지에 따라, 또 어떤 단어나 뉘앙스로 전하는지에 따라 다르게 느껴질 수 있기 때문에 대화 방법은 그만큼 중요하고요.

불편한 마음이 들거나 서운할 때는 '말할까 말까', '참을까 말까'를 고민하기보다는 '어떻게 표현할까?'를 고민하는 것이 필요하다고 생각해요.

예를 들어 "누가 너 보고 참으래? 그게 참은 거야? 너 다 티 나거든!"이라는 말을 들으면 누구나 화가 나잖아요. 이럴 때는 "너는 어떻고, 됐어. 말을 말자"는 식으로 맞받아치기도 하는데요. 화가 나더라도 담담하게 자기 기분과 감정을 표현하면 싸움이 더 커지는 걸 막을 수 있어요.

"네가 참으라고 시킨 건 아니지만, 누가 참으라고 했냐는 말은 널 위해 노력했던 내 마음까지 무시하는 것 같아서 좀 화가 나네(속상하네, 서운해 등)"라고 말한다면 욱하는 감정을 좀 더 잘 다스릴 수 있고요. 표현은 점잖았지만 마냥 참는 게 아니고 자신의 감정을 말했기 때문에 속으로 안 좋은 감정들이 쌓이지 않게 되는 거죠. 이때 원인이 상대방이 되지 않도록 상대를 탓하지 않는 것이 정~~말 정말 정말 중요해요.

상대방도 처음부터 "누가 너 보고 참으래? 그게 참은 거야? 너 다 티 나거든!"이라고 말하지 않았다면 더 좋았겠죠. "너는 우리 관계를 위해서 참았다고 하는데, 나는 네가 참는 걸 보는 게 더 미안하고 불편했어" 이렇게요.

'나'를 주체로 자신의 생각과 감정을 솔직하게 표현하는 'I-message'

이렇게 '나'를 주체로 자신의 생각과 감정을 솔직하게 표현하는 것을 'I-message'라고 하는데요. I-message는 좋은 관계를 만들기 위해 심리학에서 많이 추천하는 대화 방식이기도 합니다. 상대방을 비난하지 않고 내가 느낀 감정이나 사실을 그대로 얘기하고 바라는 점을 말하는 부분에서 비폭력 대화(NVC: Nonviolent Communication)와 비슷해요.

비폭력 대화는 관찰(Observation), 느낌(Feeling), 필요/욕구(Need), 요청/부탁(Request) 이렇게 4가지 요소로 이루어져 있습니다.

상황의 좋고 싫고를 떠나서 실제로 일어난 사실만을 보는 것이 관찰이고요. 이때 판단을 하지 않고 그대로 보는 것이 중요해요.

그다음에 그 사실을 본 나의 느낌을 말하는 거죠. 기쁘다, 두렵다, 짜증 났다 같은 나의 느낌이나 감정을요. 이 느낌은 대체로 나의 내면의 욕구와 연결이 되어 있습니다.

그 욕구를 말하고, 상대방에게 바라는 걸 긍정적이고 구체적인 행동으로 요청하는 거죠.

"○○야, 그게 참은 거야? 너 다 티 나거든!" 이 말은 너무 슬프고 화가 나.

왜냐하면 나는 네가 즐거워하는 걸 보고 싶어서 그랬던 거였는데 내가 했던 행동을 모두 의미 없다고 말하는 것 같아.

내가 널 이해할 수 있게 그렇게 느꼈던 상황을 얘기해줄 수 있을까?

"○○야, 그게 참은 거야? 너 다 티 나거든!"
····▸ 관찰(Observation)

이 말은 너무 슬프고 화가 나. ····▸ 느낌(Feeling)

왜냐하면 나는 네가 즐거워하는 걸 보고 싶어서 그랬던 거였는데 내가 했던 행동을 모두 의미 없다고 말하는 것 같아.
····▸ 필요/욕구(Need)

내가 널 이해할 수 있게 그렇게 느꼈던 상황을 얘기해줄 수 있을까? ····▸ 요청/부탁(Request)

이렇게 상대방을 탓하면서 갈등의 원인을 돌리지 않고 사실과 느낌을 나눠서 이야기하는 거죠. 이런 방식으로 자신의 마음과 생각을 솔직하게 표현하면 자신도 편해지고 좋은 관계를 유지하는 데 도움이 됩니다.

물론 화가 난 상태에서 이렇게 대화하는 건 참 어렵습니다. 그래서 평소에 이런 대화법에 익숙해지는 것이 필요한 것 같아요. 다른 사람과 이런 대화가 어렵다면 먼저 자신과의 대화에서 시도해보면 어떨까요?

비폭력 대화는 나 자신과 대화에서도 긍정적인 영향을 끼칠 수 있거든요. "나는 잘하는 게 없어"라는 말을 "나는 내가 잘하는 게 없다고 생각하고 있어"라고 바꿔서 말하는 거죠. 이렇게 하는 것만으로도 부정적인 감정에 사로잡히지 않고 상황을 객관적으로 보게 해서 감정을 조절하는 데 도움이 되니까요.

그동안 우리는 감정을 참는 것에 익숙했기 때문에 감정을 표현하고 조절하는 게 쉽지 않을 수도 있어요. 처음부터 완벽하게 하려고 하지 말고 내 감정을 담담하게 말하는 것부터 시작해보면 어떨까요. 이 책에서 나온 것처럼요.

나에게 소중한 사람에게 어떤 말을 한 후에 후회했던 경험이
있으신가요? 그 상황과 내가 했던 말을 구체적으로 써보세요.

그 말을 I-message 혹은 비폭력 대화로 바꿔보세요.

나는
나의 습관이다

『논어, 직장인의 미래를 논하다』, 최종엽
『나는 불안할 때 논어를 읽는다』, 판덩

한동안 제목에 '불안'이 들어가거나 불안과 관련된 내용의 책이 많이 유행이었어요. 그러다가 『논어』와 불안을 함께 이야기하는 『나는 불안할 때 논어를 읽는다』라는 책이 뜨면서 『논어』를 다룬 책이 나오기 시작했죠. 저도 참 재미있게 본 책이라서 오디오클립에서 소개했는데 인기가 굉장히 많아서 시대를 막론하고 고전은 사랑을 받는구나 싶었어요. 그래서 학창 시절에는 마냥 어렵게 느껴졌던 『논어』를 재미있게 풀어 놓은 책 두 권을 소개해드릴게요. 이 책들을 함께 읽으면 더 재밌을 것 같아요.

판덩 작가님의 『나는 불안할 때 논어를 읽는다』와 최종엽 작가님의 『논어, 직장인의 미래를 논하다』입니다.

판덩 작가님은 베이징 교통대학에서 학생들을 가르치시면서 판덩 독서회를 창립할 정도로 독서에 빠져 있는 분이시고요. 최종엽 작가님은 삼성전자에서 교육 인사과장으로 근무하셨고 직장인들의 셀프 리더십과 경력 개발에 대한 강의를 하고 계신 분이세요.

'습관이 나다.
좋은 습관을 만들자'

가장 기억에 남는 부분은 "나는 누구인가"라는 인류의 오랜 의문에 "나는 나의 습관"이라고 얘기하는 부분이에요. 정말 충격적이었는데요.

공자님은 사람의 본성은 서로 가깝지만 익히는 것에 따라 멀어지고 선을 익히면 선해지고 악을 익히면 악해지기 때문에 무엇을 익히는가가 중요하다고 얘기합니다. 시작이 같은 쌍둥이라도 끝이 다른 이유는 중간에 익히는 것과 가지는 습관이 다르기 때문이라는 거죠.

우리의 뇌는 에너지를 절약하기 위해 반복적인 행동을 습관으로 묶어놓기 때문에 실제로 우리가 하고 있는 행동의 40%는 습관처럼 몸에 배어 있습니다. 그래서 습관이 곧 나라는 거죠. 이 책을 보고 지금 가진 습관에 대한 반성도 많이 했고요. 좋은 습관을 만들어야겠다는 생각도 했어요.

제일 먼저 반성한 저의 안 좋은 습관은 잘 움직이지 않는다는 것이었는데요. 평소에 앉아서 일하는 업무 시간이 많으니 쉬는 날이면 눕게 되고 보상심리로 맛있는 걸 먹으면서 먹고 눕기를 반복하니 살도 찌고 체력이 떨어졌어요.

그러다가 운동을 하러 가서 기계로 신체 나이를 측정했는데 글쎄 제 신체 나이가 79세래요. 근데 그렇구나 하고 받아들여지는 거예요. 그동안 바쁘다는 핑계로 운동은 안드로메다로 날려버렸거든요. 조금이라도 운동을 해 볼까 싶어서 집에서 놀고 있던 실내 사이클을 사무실에 갖다 놨어요. 하지만 첫날 이후로 한 번도 타지 않고 오랜 시간 먼지만 쌓이고 있었죠.

『논어』를 읽은 다음부터 '습관이 나다. 좋은 습관을 만들사'라고 생각하면서 헬스장에 개인 PT 등록도 하고 '매일 딱 한 번만, 5분이라도 타자'는 목표를 세워서 매일 사이클 타기를 실천했어요. 지금은 꽤 익숙해졌고, 5분에서 15분으로 업

그레이드가 됐는데요. 처음에는 자전거에 오르기만 하는 것도 쉽지 않았어요. 하지만 익숙해지고 나니 시간을 늘리는 게 어렵지 않더라고요. 만약 처음부터 15분을 목표로 삼았다면 못했을 것 같아요.

'이렇게 내 습관을 만드는 거구나'라고 생각하면서 트레이너 선생님께 자랑하기도 했죠. "회원님, 30분 이상 타셔야 운동이 됩니다"라는 대답이 돌아오긴 했지만요.

그래도 매일 하는 게 어딘가 싶어서 뿌듯한 마음에 친구에게도 말했어요. 그런데 그 말을 들은 친구가 웃으면서 "참 힘들게 산다~ 그냥 내가 게으르다는 걸 인정하면 편하잖아?"라고 하더라고요. 이 말은 저에게 또 다른 충격이었어요. 트레이너 선생님의 말은 직업 정신이 담긴 말이고 운동에 대한 기준이 다르니까 그렇구나 싶었는데, 친구의 얘기는 관점이 완전히 다르다고 생각했거든요.

다른 친구가 이렇게 말했다면 "그래?" 하고 말았을 텐데, 이 친구는 평소 자존감이 높고 자기 중심이 잘 서 있다고 생각한 친구라서 망치로 머리를 쾅 하고 얻어맞은 기분이었어요. '게으른 사람인 게 어때? 게으를 수도 있지'라고 생각하는 것도 자기만의 기준인 거잖아요. 친구는 남들이 뭐라고 한들

자기가 아무렇지 않으면 괜찮다고 생각하는데, 저는 나만의 기준 없이 좋은 말이니까 나도 해보자고 생각한 게 아닌가 싶었던 거예요.

남들이 "좋은 습관을 위해 나 이렇게 노력했어"라고 하면 다들 "오오오, 멋지다"고 하고, 다들 그게 좋다고 하니까 그럼 나도 해볼까 싶었던 건지 아니면 내가 정말 필요하다고 생각해서 선택한 것인지 잘 모르겠더라고요. 갑자기 머리가 복잡해졌어요.

'나'라는 사람은
어떤 사람이지?

이런 생각을 하고 나서 '나'라는 사람은 어떤 사람인지에 대해 하나씩 정리를 해봤어요.

"나는 다른 사람이 좋다고 하는 것들이 불편하지 않으면 한 번은 도전해보는 사람이구나." "남들에게 좋은 게 나한테도 좋은지는 모르는 거니까 한 번 해보자!" "도전해본 다음에 내가 좋다고 생각하면 그걸 꾸준히 유지하려고 노력하는구나." 이런 식으로요.

이렇게 정리를 하고 나니 다른 사람들의 시선을 의식하거나 남의 말에 마냥 휘둘린 게 아니라 내가 원해서 선택한 일이라는 걸 확실히 알게 됐어요.

저는 좋은 습관을 만들기 위한 노력을 하는 제 자신이 좋아요. 아침을 운동으로 시작하는 건 힘들지만 실제로도 더 기운이 나고 오후에 체력이 예전보다 더 남아 있다는 느낌이 확실히 들고요.이렇게 내 습관을 만들어나가는 거구나 싶기도 해요. 이런 게 나를 알아가고 만들어가는 거겠죠?

운동 습관에 대한 건 단편적인 부분이지만 남들의 이야기에 혹하는 것도 일종의 불안에서 기인한 게 아닌가 싶어요. 자신의 기준이 뭔지 모르는 상태에서 남들이 좋다고 하는 기준에 맞추려다 자신을 잃어버리고, 자신이 없으니 남들의 이야기를 더 신경 쓰게 되는 거죠. 그렇게 불안이 커지면 아직 일어나지 않은 일까지 미리 걱정하며 전전긍긍한 삶을 살게 되기도 하고요.

멈추지만 않는다면 얼마나 천천히
가는지는 문제가 되지 않는다

공자님은 "아는 걸 안다고 말하고 모르는 걸 모른다고 말하는 게 아는 것"이라고 하셨는데요. 자신이 무엇을 잘 알고 있고 무엇을 모르는지 잘 아는 사람은 결국 자기 기준이 명확하고 중심을 잘 잡은 사람일 수밖에 없는 것 같아요.

내가 어떤 선택을 할 때 남의 말을 따라 선택하는 것이 아니라 나도 정말 그렇다고 생각했을 때 선택하고, 남들이 다 좋다고 해도 나 스스로 그렇지 않다고 생각하면 나에게 안 맞는 거라고 받아들이고 행동할 수 있도록 나만의 기준을 세우는 거죠.

그리고 내가 세운 기준이 남들과 다르다고 하더라도 남과 비교하며 불안을 키우기보다 내가 정한 방향대로 내 속도로 꾸준히 나아가는 게 중요한 것 같아요. 멈추지만 않는다면 얼마나 천천히 가는지는 문제가 되지 않는다고 공자님도 말씀하셨거든요.

"나는 누구인가"라는 질문에 "나는 나의 습관이다"라는 답을 해야 한다면 여러분은 자신을 어떤 사람이라고 대답하시겠어요? 내 습관을 하나하나 천천히 들여다봤을 때 나라는 사람이 어떻게 느껴지세요?

여러분의 이야기가 궁금하네요.

\# 아침부터 저녁까지 습관적으로 하고 있는 것들을 적어보세요.

아침 시	
아침 시	
낮 시	
낮 시	
낮 시	
저녁 시	
저녁 시	

우리는 정말 공정한 걸까?
불공정한 능력주의!

『공정하다는 착각』, 마이클 샌델

마이클 샌델 작가님의 『정의란 무엇인가』라는 책은 워낙 유명해서 한 번쯤 들어보셨을 거예요. 스물일곱 살에 최연소 하버드대 교수가 된 작가님은 1980년 대부터 지금까지 하버드대에서 정치 철학을 교육하고 계세요. 작가님의 강의는 하버드대에서 수십 년 동안 최고의 명강의로 꼽힌다고 하는데요. 책을 읽어보니 왜 그런지 알겠더라고요.

이 책을 읽고 나서 작가님의 얘기가 너무 재미있어서 새로운 책이 나왔을 때 일부러 찾아봤어요. 개인적으로는 『공정하다는 착각』이 더 공감이 돼서 여러분과 이 책 이야기를 나누고 싶어요.

능력주의가 오히려
차별이 될 수 있다

『공정하다는 착각』은 우리가 일상에서 느끼고 경험할 수 있는 것들을 예시로 들며 평소 익숙했던 것들이 다른 관점에서는 어떻게 폭압적으로 바뀔 수 있는지를 얘기하고 있는데요.

작가님은 하버드대 학생들 사이에서 능력을 굉장히 숭배하는 문화가 널리 퍼졌다고 느끼셨대요. 강의를 시작한 지 얼마 안 됐을 때는 개인주의 철학에 영향을 많이 받았기 때문이 아닐까 하고 생각했지만 시간이 지날수록 능력주의 정서가 점차 짙어지고 있다는 생각이 들었다고 해요.

죽어라 노력해서 하버드에 왔으니 지위와 능력을 인정받는 것에 대해 당연하게 여기고 있었다는 거예요. 운이 좋아서 입학한 게 아니냐는 말을 하면 거센 반발을 할 정도로 학생들이 능력주의에 빠져 있었다고요.

능력주의 정서가 팽배해진 원인을 너무 치열해진 입시 경쟁으로 꼽는데요. 1970년대까지만 해도 명문대의 경쟁률은

3:1이었지만 2019년에 20:1이상으로 높아지면서 학교에 들어온 것이 자신의 능력을 증명한 것처럼 되었다고요.

대부분의 학생들은 입학을 위해 빡빡한 스케줄, 막대한 과제물, 심리적 부담, 사설 입시 컨설턴트, SAT 과외 교사, 체육 특기를 비롯해서 특별활동 강사들의 훈육, 인턴 이수, 해외 봉사 점수 등을 채워왔으니까요.

이런 어려운 과정을 통해 들어온 것이기 때문에 자신이 충분히 능력이 있다는 걸 증명했고, 스스로 성공했다고 생각하는 거죠. 그러니 사회에서 인정받고 마땅한 지위를 누리면서 좋은 직업을 가질 자격이 있다는 거예요.

그런데 데이터를 보면 입시에 성공한 학생들의 대부분은 잘 사는 집의 자녀였다고 해요. 그들이 더 좋은 교육을 받았고 더 많은 기회를 얻었기 때문에 성공할 확률이 더 높았다는 거죠. 그래서 입시에 성공한 학생들이 자신의 능력으로만 입학을 한 것이 아니기 때문에 능력주의가 오히려 굉장히 차별이 될 수 있다는 것입니다.

실제로 입시 경쟁률이 높은 미국의 100개의 대학 학생 중에 70% 이상은 소득이 상위인 가정의 출신이고 3%만 하위 분면의 출신이라고 해요. 부유한 가정의 출신이라면 아이비

리그 대학에 진학할 가능성이 가난한 가정 출신보다 77배가 크다고 하고요.

명문대에 입학할 수 있었던 70% 이상의 학생들은 중산층이나 빈민층 가정의 학생들에 비해 고급 교육을 받았고 다방면으로 아낌없는 지원을 받았던 거예요. 하지만 학생들은 어려운 입시를 통과하기 위해 그만큼 노력했으니 혜택을 받는 게 당연하다고 생각한다는 거죠.

이런 능력주의가 너무 자연스럽게 받아들여지면서 성공하지 못했거나 성공의 기로에 놓여 있지 못한 사람들은 능력이 없거나 게을러서 그렇다는 시선이 생기게 된 거예요. 이게 바로 능력주의의 병폐인 거죠.

〈스카이 캐슬〉이라는 드라마가
인기 있는 우리나라

우리나라도 비슷하잖아요. 오죽하면 〈스카이 캐슬〉이라는 드라마가 인기가 있었겠어요. 그만큼 입시경쟁에 대해 공감할 수밖에 없는 것 같아요.

당시 드라마로 입시경쟁에 대한 화두가 던져지기는 했지만 스피치 교육을 하면서 드라마가 나오기 이전부터 재력에 따라 교육의 수준이 정말 다르다는 걸 실감하고 있었어요.

같은 시기에 너무 다른 교육을 진행한 적이 있었는데요. 하나는 국가에서 지원을 받아 10명 이상의 고등학생들을 대상으로 학교에서 진행한 단체 강의였고요. 다른 강의는 아주 비싼 금액을 받고 진행한 초등학생의 특별활동 개인 레슨이었어요.

개인 레슨을 받은 초등학생은 부모님이 두 분 모두 전문직에 종사하는 상위 1% 가정의 자녀였는데요. 특별활동을 위해 원고 작성과 발표 스킬 등 스피치 교육을 했어요. 레슨을 하면서 잘사는 집 애들은 특별활동을 위해서도 이렇게 큰 비용을 투자하는구나 싶었어요.

나이는 어리지만 이미 영어에 능통해 일반 스피치뿐 아니라 영어 스피치 연습도 함께 했고 수업에 대한 참여도도 높아서 단시간에 굉장히 빠르게 성장했어요. 레슨의 수준도 고등학생 이상으로 높았고요.

이 친구는 저와 하는 레슨 말고도 학업에 관련된 개인 과외를 여러 개 하고 있어서 드라마에 나온 것처럼 학생의 스케줄을 관리하는 매니저가 따로 있을 정도였어요.

고등학생 단체 강의는 우선 관계자들이 많아 수업 커리큘

럼에 참견이 많았고 보여주기 식의 증명도 필요했기 때문에 진짜 학생들에게 필요한 내용으로만 수업을 하기에는 어려움이 있었어요. 게다가 학생들은 반강제로 참여했기 때문에 수업에 대한 의욕도 낮았고 스피치 교육 자체를 생소하게 느끼는 상황이었습니다. 단체로 강의를 하다 보니 특별히 잘하는 친구가 있더라도 모두의 수준을 고려해야 했고요. 개개인의 특성을 고려할 수 없었죠.

또 특정 학생이 열심히 하려고 하면 주변에서 "오~ 열심히 한다~~ 혼자 잘되려고~~" 이러면서 놀렸어요. 그러다 보니 분위기에 휩쓸려 다같이 열심히 하지 않게 되는 것 같았고 수업의 질이 떨어질 수밖에 없는 상황이 참 안타까웠어요.

집중도 높은 교육을 지속적으로 받아온 초등학생과 그렇지 않은 환경의 고등학생들을 보면서 재력에 따라 교육의 수준도 이렇게 차이가 나는구나 싶어서 굉장히 씁쓸했었어요. 이런 경험을 하다 보니 이 책의 내용이 너무 공감됐고요.

삶에서 주어진 모든 결과에 책임이
나에게만 있는 것은 아닌데 말이죠

능력주의에서는 결과를 개인의 책임이라고 보는데요. 가

난한 사람을 보고 "저 사람은 실패한 사람이야. 넌 저렇게 살면 안 돼"라고 얘기하는 것도 능력주의 관점으로 세상을 바라본 거죠.

그런데 사회 구조적인 부분으로 인해 출발선이 달랐는데 성공하지 못했다고 노력이 부족했다며 그것도 너의 책임이라고 말하는 것은 잘못된 거잖아요. 물론 개인이 자신의 행동에 책임을 지는 것은 바람직한 것은 것이지만 그렇다고 해서 삶에서 주어진 모든 결과에 책임이 나에게만 있는 것은 아닌데 말이죠.

내가 부자인 부모에게 태어나서 수혜를 받은 것이 내 노력이 아니듯이 가난한 집에 태어나서 남들보다 더 많이 노력해야 하는 것도 내 잘못이 아니니까요. 이렇게 우리가 당연하게 생각하는 것들도 가지지 못한 사람의 입장에서는 불평등한 것일 수 있다는 거예요.

『말하기를 말하다』라는 책을 쓴 김하나 작가님이 어느 순간부터 건강한 걸 당연한 것처럼 강조하는 말에 신경 쓰게 됐다면서 건강하다는 것이 일반적이라는 기준은 건강한 사람들에게만 해당하는 거라고 하셨어요.

태어나면서부터 건강하지 않았던 누군가에게는 '나는 기

본도 안 되는, 기준에 못 미치는 사람인가?'라는 상처를 줄 수 있기 때문에 이 말이 불편해졌다는 거예요. 저는 작가님이 참 따뜻하고 섬세하다는 생각과 함께 우리가 갖고 있는 기준에 대한 다른 생각을 하게 됐어요.

건강하게 태어나거나 건강하지 않게 태어나거나 이것부터 우리가 선택할 수 없잖아요. 시작부터 공정에 위배되는데 사람들 모두에게 똑같은 공정함과 기준을 요구하고 있는 지금 이 상황이 정말 공정한 걸까요? 무게를 견디는 정도가 다른데 똑같은 잣대의 무게를 견뎌야 되는 것도 역시 너무 폭압적인 것은 아닐까요? 선한 것이 항상 좋은 것은 아니고 힘있는 나라가 꼭 정의로운 것은 아닌 것처럼요.

이 책을 보면서 우리가 당연하다고 생각했던 것들을 다시 한번 생각해봤어요. 관점을 바꾸면 내 주변에 있는 것들이 얼마나 귀한 것인지 느끼게 되더라고요.

여러분에게 공정하다는 것의 기준은 무엇인가요? 이 책의 이야기를 보고 여러분의 기준을 다시 생각해보게 된 것이 있으신가요? 여러분의 이야기가 궁금하네요.

\# 지금까지 공정하다고 생각했던 것이 다른 관점으로 봤을 때도
공정한지 함께 생각해보아요.

가치를 창조하는
융합

『믹스』, 안성은

요즘은 차별화가 굉장히 중요한 시대지만 하늘 아래 새로운 것은 없다는 말도 있잖아요. 그래서 '융합'을 통해 전혀 다른 것을 창조하는 것 같아요. 완전히 새로운 걸 만들어내기는 어렵지만 있었던 것을 융합해서 지금까지와 다른 걸 만드는 건 할 수 있고 그렇게 차별화시킬 수 있으니까요.

이런 시대에 맞는 책이 바로 『믹스』입니다. 모방으로 최고의 결과물을 낸 예시를 통해 믹스하는 방법을 알려주거든요.

브랜드 컨설팅 회사인 '브랜드보이'를 운영하고 있는 안성은 작가님은 『포지셔닝』이라는 책을 100번 넘게 읽으며 포지셔닝을 어떻게 할 수 있을까 구체적인 방법론을 고민하셨대요. 그러다가 새로운 사다리를 만드는 가장 효과적인 방법으로 믹스를 선택하셨다고 합니다.

믹스의
좋은 예

믹스의 좋은 예는 과거에서도 많이 찾아볼 수 있는데요. 현대 미술의 거장인 피카소 역시 융합을 통해 자신만의 화풍을 만들어간 케이스입니다.

어린 시절부터 미술교사인 아버지에게 교육을 받은 피카소는 좋은 학교에 다니며 콩쿠르에서도 입상할 정도로 정석 같은 그림을 그린 엘리트 교육의 수혜자였어요. 그런데 18살 때 자기만의 그림을 그리기 위해 학교를 중퇴한 후 유명한 화가들의 작품을 모사하기 시작했습니다.

피카소는 스스로 여러 화가의 표현 기법을 훔쳤다고 하는데요. 원근법을 없애고 다(多)시점으로 표현한 기법은 폴 세잔의 〈병과 사과 바구니가 있는 정물〉에서 훔쳤고요. 장 오귀스트 도미니크 앵그르의 〈터키탕〉에서 왜곡된 형태를, 엘

그레코의 〈다섯 번째 봉인의 개봉〉에서 인체의 포즈와 색감을, 아프리카의 조각에서 원시적인 표현 기법을 훔쳤다고 합니다. 또 마티스의 〈삶의 기쁨〉에서 색채를 훔쳤다고 하네요. 스스로는 훔쳤다고 표현했지만 재결합과 융합을 통해 자신만의 스타일로 현대 미술계에 획을 그은 작품들을 남긴 거죠.

모방을 통한 창조에 대해 얘기하다 보니 춤 잘 추는 지인분께 들었던 이야기가 생각나네요.

저는 춤에 관심이 많아서 댄스 경연 프로그램도 일부러 챙겨 보는데요. 자타 공인 몸치라서 그런지 멋지게 춤을 추는 모습을 보면 대단하다 싶기도 하고 대리만족도 되더라고요. 특히 〈스트릿 우먼 파이터〉라는 방송 프로그램에서 댄서들이 프리댄스를 추는 걸 보면 정말 정말 멋있더라고요.

춤을 잘 출 수 있는 DNA가 따로 있는 건 아닐까 싶어서 주변에 춤을 직업으로 삼는 지인에게 어떻게 그렇게 즉석으로 프리댄스를 출 수 있느냐며 미리 안무를 짜서 추는 건지 물어본 적이 있어요.

그랬더니 갑자기 없는 게 튀어나온 게 아니라 오랫동안 여러 안무를 카피해가면서 직접 춤을 춰보고 그렇게 내 안에 무수히 많은 동작들이 쌓인 결과라고 하더라고요. 쌓여 있던 여러 춤 동작들이 섞여서 나만의 스타일로 재해석되고 그렇게 새로운 작품이 나오는 거라고요.

문화 예술 분야뿐만 아니라 방송 프로그램에서도 다양한 융합의 모습을 볼 수 있는데요.

특히 나영석 피디님의 〈뿅뿅 지구오락실〉이라는 프로그램을 보면서 그런 생각을 했어요. 기존에 익숙했던 나영석표 예능 포맷에 MZ세대의 놀이 문화가 융합되면서 여러 세대가 함께 즐길 수 있는 요소가 만들어진 것 같아요.

기발하고 에너지 넘치는 MZ세대와 X세대의 조합도 신선하고 지금까지 없던 캐릭터를 보면서 당황스러워하는 OB들의 모습이 공감도 되면서 재밌고요.

노래를 맞히는 게임을 하면서 중간중간 퍼포먼스나 화려한 세리머니를 하는데 방송이 진행될수록 세리머니를 위한 연습을 하는 것도 볼만해요. 생각해보면 게임은 뒷전이고 세리머니를 연습하니 주객이 전도된 건데 그것도 재밌어요. 프로그램의 형식은 분명히 예능인데 가요 프로그램 같기도 하고 쇼를 보는 깃 같기도 해서 시간 가는 줄 모르겠더라고요.

융합은 비즈니스 분야에서도 정말 너무 다양한 모습으로 나타나는데요. 여러 스타트업 대표님들을 만나고 멘토링을 진행하면서 '융합'의 형태가 무궁무진하다는 것을 느꼈어요.

요즘 가장 자주 만나게 되는 아이템은 가상공간과 다른 분야와의 융합인데요. 의료 실습 교육을 가상 공간에서 할 수 있는 서비스도 있었고요. 2D의 작품을 3D로 볼 수 있도록 현실의 전시 공간을 가상으로 옮겨놓은 서비스도 있었어요.

기존에 오프라인으로만 가능했던 것을 모바일로 할 수 있게 하는 서비스는 이제 익숙하게 볼 수 있죠. 예를 들면 지금까지 펫 등록을 병원이나 구청에 가야만 할 수 있었다면 앱에서 사용자들이 직접 등록하고 관리할 수 있도록 하는 것이나 보험이나 금융 관련 통합 서비스도 그렇고요.

또 온라인의 코딩 프로그램과 현실의 미술 작품을 융합하여 작품을 만드는 사업 아이템도 있었어요.

다 적지 못할 만큼 수많은 아이템들을 봤는데요. 대부분 비슷한 범주에 속해 있고 유사한 부분이 많아요. 물론 그중에는 정말 획기적인 융합이 시도된 아이템들도 있습니다.

"이 시대 문화에서 중요한 건
국적이 아니라 수준"

하지만 새로운 융합의 시도로 아이디어가 아주 기발하거

나 고도의 기술력을 갖고 있다고 해서 사업이 잘되는 것은 아니에요. 오히려 사업의 준비를 탄탄하게 해오고 고객과 시장의 니즈를 파악해 소비자가 진짜로 원하는 것을 제공하는 사업이 더 잘될 확률이 높고 더 좋은 평가를 받아요. 결국 사업의 완성도와 수준이 높아야 성공할 수 있는 거죠.

그래서인지 『믹스』를 읽으면서 "이 시대 문화에서 중요한 건 국적이 아니라 수준"이라는 말이 기억에 남았어요.

책에서는 〈오징어 게임〉을 융합의 예로 들었는데요. 작가님도 〈오징어 게임〉이 세계 시장에서 통했던 이유를 한국적이어서가 아니라 융합의 수준이 높았기 때문이라고 보고 있어요. 한국에서 한국인 제작진이 만든 드라마지만 공간에 대한 표현이나 녹색 운동복과 핫핑크 유니폼, 빈부격차 등이 동시대를 살아가는 세계인들 또한 충분히 공감할 수 있는 수준의 콘텐츠였다고요. 블랙핑크, BTS 그리고 한복에 대한 예시도 마찬가지였어요.

물론 우리나라 고유의 국악이나 한복, 음식이 세계로 나가면서 많은 변형이 일어났고 이 부분에 대해서는 우리 고유의 것을 훼손시킨다는 의견과 우리 문화를 알리는 좋은 시도라는 의견이 팽팽하게 맞서고 있는데요.

저도 처음에는 변형보다는 고유의 것을 온전히 지켜야 되는 거 아닌가 하는 생각을 했었어요. 그런데 유홍준 교수님의 책을 보면서 원래 그대로의 모습을 지키고 고집하다가 잊히기보다는 조금 변형되더라도 살아남아서 더 많은 사람들의 관심을 받는 게 더 좋은 게 아닐까 하는 생각을 하게 됐어요.

대중화되면 관심 있는 사람이 많아져서 예전과 현재가 어떻게 달라졌는지에 대해 연구하는 사람들도 늘어날 수 있고 우리의 문화도 더 오랫동안 지켜낼 수 있으니까요. 또 융합을 하면서 새로 만들어지는 문화가 너무 좋을 수도 있고 또 다른 수준 높은 문화를 만들어낼 수도 있잖아요.

융합으로 새로운 것을 만들어내는 것에 대해 옳거나 그른 건 없는 것 같아요. 그렇게 사람들이 관심을 갖게 되는 무언가가 생기고 인기가 많아지면 그게 문화 창조가 되기도 하는 거죠.

주변을 둘러보면 생각보다 융합으로 만들어진 것이 되게 많아요. 융합을 어떤 관점으로 바라볼 것인지, 모방을 통한 창조를 어떤 시선으로 보는 게 좋을지 여러분과 함께 생각해 보고 싶네요.

당신의 선택은? 두둥!!

당신은 세계적으로 유명한 예술 작품의 원작자입니다.
신인 작가가 내 작품을 모방하여 새로운 작품을 만들어 이슈가 되었습니다.
이때 당신의 마음은?

① 잘됐으면 좋겠다.
② 모방한 작품일 뿐이니 잘되지 않았으면 좋겠다.

이런 마음이 든 이유는 무엇인가요? 당신의 마음을 들여다봐
  주세요.

저의 최애를
소개합니다

『원피스』, 오다 에이치로

『원피스』라는 만화는 『주간 소년 점프』에서 연재하기 시작해서 일본의 모든 서적 분야의 신기록을 갈아 치운 세계적으로 대박이 난 만화예요. 전체적인 스토리는 주인공 루피가 해적 왕을 꿈꾸며 모험을 떠나 동료도 만나고 악당도 물리치며 성장하는 이야기입니다.

저도 『원피스』라는 만화책을 굉장히 좋아하는데요. 주인공인 루피라는 캐릭터를 너무너무 좋아하기 때문이에요. 단순하지만 소신 있는 모습도 너무 좋고, 항상 긍정적인 것도,

뭐든지 잘 먹는 것도 다 너무 좋아요.

편견이 없고
됨됨이가 괜찮은 사람

　루피에 대한 이야기는 시작하면 끝도 없지만 저는 루피라는 캐릭터가 편견이 없고 됨됨이가 괜찮은 사람의 이상적인 모습을 보여준다고 생각해요. 사람이든 동물이든 색안경을 끼지 않고 상대방을 보고 다른 사람의 고유한 개성을 있는 그대로 존중해주거든요. 이런 모습들이 사람을 귀하게 대하는 거라고 느껴져요.

　인간인간 열매를 먹은 사슴 쵸파를 처음 만날 때에도 다른 사람들은 사슴이 말을 한다며 놀라 도망가거나 손가락질하고 싫어했지만 루피만 아무렇지 않게 쵸파와 대화했어요. 또 해골만 남은 브룩을 대부분의 사람들은 해골이 노래를 한다며 공포에 떨고 피했지만 루피는 노래를 정말 잘한다며 브룩의 개성과 능력을 있는 그대로 인정했죠.

　해적왕을 꿈꾸는 대책 없이 밝고 용감한 허점투성이인 소년 루피는 이 세계에서 하찮은 능력으로 여겨지는 고무고무 열매를 먹고 고무인간이 됐습니다. 늘어나는 것 말고는 특별한 능력도 없고 수영도 못하면서 해적왕이 되겠다고 해서 주변 사람들에게 놀림을 많이 받아요.

여러 가지 좌절할 만한 상황 속에서도 루피는 항상 세상을 긍정적으로 보고 자신의 꿈을 잃지 않는데요. 루피에게 정말 중요했던 건 꿈을 대하는 자신의 마음가짐인 것 같아요. 큰 꿈을 꾸고 있고 꿈을 이루기 위해 모든 노력을 다하기로 마음먹었으니 어떤 고난이 있더라도 꿈을 향해 노력하는 거죠.

단순한 성격은 이런 부분에서 좋은 것 같아요. 어쩌면 바보 같을 수도 있고 미련해 보일 수도 있지만 단순하기 때문에 하나에 제대로 집중할 수 있다는 거니까요. 자기의 꿈을 이루려 노력할 때도, 사람을 대할 때도, 뭐든지 적어도 하나는 제대로 집중할 수 있다는 거잖아요. 루피를 비웃었던 사람들은 해적왕이라는 꿈이 허황되다고 놀렸지만 정작 자신의 꿈이 없었기 때문에 루피를 비웃었던 건 아닌가 싶어요.

가끔은 사람들이 가진 보편적인 생각과 가치관이 우리의 생각과 삶을 얽매고 있는 것 같아요. "단순한 사람은 무식하다"거나 "바보 같은 말을 하면 어리석어 보인다" 같은 가치관처럼요.

그래서 실수로 바보 같은 말을 했다가 사람들에게 비웃음을 사면 창피해하고 화도 나니 집에 와서 이불킥을 하기도 하잖아요. 만약 이런 가치관이 없다면 비웃음을 샀으니 잠깐 기분이 좋지는 않았더라도 금방 평정심을 찾을 수 있을 거예요. 가치관을 적게 가질수록 생활이 자유롭다는 도가의 사상처럼요.

가치관이라는 건 쉽게 변하지 않는 기준이고 이게 어떨 때에는 편견과 선입견이 될 수 있다고 생각해요. 루피를 비웃던 사람들도 편견과 선입견으로 루피를 대했던 거죠. 하지만 보편적인 가치관이라는 건 모두 사람들이 정해놓은 기준일 뿐 본래 사람이나 사물에는 우열도 없고 옳고 그름도 없잖아요. 다만 서로 다른 관점과 기준으로 판단하기 때문에 각각 다른 가치 평가가 생기는 거죠.

아이러니한 건 루피를 비웃었던 사람들도 깨달음을 얻고 꿈을 꾸기도 한다는 거예요.

'내가 좋아서
돕는 것'

또 루피는 어려운 사람을 만나면 지나치지 못해서 한결같이 사건과 사고를 몰고 다니는데요. 저는 다른 사람에게 도움을 주는 루피의 방식이 멋지다고 생각해요. 상대방이 원하는 타이밍에 원하는 방식으로 도움을 주거든요.

누군가의 어려운 사정을 알고 도움을 줄 때 상대방이 원하는지 묻지 않는 경우를 많이 봐요. 그 사람을 돕는 거니까 당연히 좋아할 거라고 생각하는 거예요. 하지만 도움을 받는 입장에서는 원치 않을 수도 있고 비참한 마음이 들 수도 있잖아요.

사실 누군가를 돕는 것도 자기가 좋아서 하는 건데 도움 받은 사람이 고마워하지 않으면 실망하거나 배신감을 느끼기도 하잖아요. 그런 마음이 드는 건 마음속 깊은 곳에 '내가 저 사람보다 여유가 있고 도와줄 여력이 있다'는 우월감이 있기 때문이라고 심리학에서는 이야기하고 있어요.

그런데 루피는 우월감을 느끼기 위해서가 아니라 누군가를 도와주고 싶다는 자신의 욕구를 만족시키기 위해서 다른 사람들을 도와요. 진짜 도와주고 싶은 거죠.

어떨 때에는 자기가 도움을 줄 능력이 없는데 도움을 주고 싶어 해요. 그러면서 '내가 좋아서 돕는 것'이라는 걸 확실히 하는 거예요. 루피 스스로는 자기가 좋아하는 걸 했으니 그 자체에 만족하는 것이고 상대방도 도움을 받을지 아닐지 여부를 선택할 수 있어요. 도움을 받는 사람이 하위가 아니라 동등한 입장이 되는 거죠.

항해사인 나미와 동료가 되는 에피소드에서도 루피만 나미에게 도움이 필요하면 언제든지 얘기하라고 말해줬어요.

나미는 어렸을 때부터 원치 않게 악당의 일원으로 살았는데요. 범죄 집단의 두목에게 마을 사람들의 목숨과 생활을 담보로 협박을 당해왔기 때문에 바다에 나가 항해도를 그리는 꿈을 포기했어요. 마을 사람들은 이런 속사정도 모른 채 도둑질을 하며 돈만 밝히는 악당이라고 욕했죠.

이렇게 나미를 이해하려 드는 사람이 아무도 없을 때 루피가 나타나서 도움을 주고 싶으니 필요하면 먼저 얘기해 달라고 제안했고 나미는 선택할 수 있었어요.

고대 문자를 읽을 수 있는 유일한 생존자인 로빈과 동료가 될 때에도 사형당하기 직전의 로빈을 구하게 되는데요. 돕고 싶다고 막 도와주는 게 아니라 마지막에 마지막까지 로빈에게 선택의 기회를 줍니다.

루피는 모든 사람을 동등하게 봐요. 자신이 해적선의 선장이지만 함께하는 사람들을 부하가 아니라 함께 꿈을 이룰 동료로 봐요. 그래서 주변에 자꾸 사람이 모이는 거죠.

꿈에 집중하면서 사람을 잃지 않고 가는 것,
특출난 재능이 없어도 노력하면 성장할 수 있다는 희망

루피의 사람됨을 보고 모여든 동료들과 함께 꿈을 향해서 쉬지 않고 달려가는 모습을 보면 만화책이지만 가슴이 뭉클해지기도 하고 꿈에 집중하면서 사람을 잃지 않고 가는 것에 대해 생각해보게 돼요. 특출난 재능이 없어도 루피처럼 노력하면 성장하고 발전할 수 있다는 희망도 생기고요.

처음부터 특별한 재능을 얻을 수 있는 수많은 악마의 열매 중 하필 고무고무 열매를 먹은 것도 고무줄처럼 유연하게 늘어나기도 하고 다시 돌아오기도 하는 유연함을 상징한 게 아닐까 하고 생각했어요.

우리는 꿈을 이루는 도중에 너무 힘이 들면 진짜 원하는 게 뭔지 고민하고 방향을 잃고 헤매기도 하잖아요. 꿈이 없어지거나 사라지는 경우도 있고요. 목표에 집중하다가 사람을 잃기도 하고요.

이럴 때 올곧게 자신의 길을 가는 루피처럼 심지는 굳게, 방법은 유연하게 살아가면 중요한 걸 놓치지 않고 살 수 있지 않을까 싶어요.

워낙 유명한 책이니 아는 분들이 많겠지만 혹시 아직도 안

보셨다면 꼭 한 번 보시길 권해드려요. 세계관도 흥미롭고 캐릭터들도 재밌고 힐링도 되실 거예요.

\# 꿈을 향해 나아가다가 그 꿈이 진짜 내가 원하는 것인지 잘 몰
라서 방향을 잃었던 적이 있으신가요?

가장 먼저 '책 속의 스피치'를 들어주시는 청취자분들께 감사합니다.

청취자님들 덕분에 이 책을 쓸 수 있게 되었어요.

나의 1호 청취자이자 언제나 곁에서 든든한 버팀이 되어주는 저의 반쪽과 사랑하는 가족들에게도 고마움과 사랑의 마음을 전합니다. 많이 사랑하고 고마워요.

또 길을 잃지 않고 갈 수 있게 도와주신 나의 힐러라테 언니, 저의 멘토인 김금미 교수님과 연희 언니, 보연 선생님 감사합니다.

갑작스러운 일정 변화와 늘어난 업무에도 묵묵히 자신의 역할을 해주는 티엔티 식구들, 응원도 쓴소리도 아끼지 않는 최고의 파트너 우리 티엔티 실장님이자 베프인 현이 정말 고마워요.

그리고 하늘나라에서 응원해주고 계실 사랑하는 분들께 감사와 그리움을 전합니다.

여러분들이 계셔서 제가 또 한발 나아가고 성장하고 살아갑니다. 제가 받은 사랑을 다른 분들께 전할 수 있는 사람이 되도록 노력할게요.

마지막으로 이 책을 읽어주시는 분들께 감사의 마음을 전합니다. 루피가 동료에게 마음의 자리를 내어주듯 이 책이 함께하는 분들의 손을 따뜻하게 잡아주기를 기도합니다.